Le fou de Dieu

Le fou de Dieu

Charles Bottarelli

Chapitre 1

Madame Saint-Cernin avait installé une petite table sous la tonnelle. Au début de la saison chaude, on se trouvait bien à l'ombre du gros mûrier. Et le gazouillis du modeste ruisseau courant en contrebas rajoutait à l'impression de fraîcheur. Un seau d'eau fraîche dans lequel attendaient quelques bouteilles, une nappe à carreaux sur le guéridon, et on se trouvait dans le salon de verdure. C'est à cet endroit précis que Hélyette de Saint-Cernin aimait recevoir les invités de marque. « C'est mon salon d'été », disait-elle.

Cette tonnelle était ce qui témoignait du rayonnement ancien de la maison. A la mort de son mari, madame Saint-Cernin avait dû se résoudre à mettre en fermage le verger de pêches, d'abricots et de pommes que le disparu avait su faire prospérer. N'ayant aucune connaissance en la matière, la veuve s'était résolue à signer avec le propriétaire d'une parcelle voisine, qui voyait là un bon moyen d'accroître sa surface. Mais le nouveau titulaire ne paraissait pas d'une loyauté exemplaire. Certaines années, il expliquait la baisse du rendement, et des bénéfices attachés, par la sécheresse. D'autres années, les pluies ravageant les récoltes déjà sur pied, étaient responsables de tous les maux. Aussi, la tonnelle devenait le seul témoignage de la splendeur passée, et madame Saint-Cernin soignait son moral en y recevant les amis qui avaient connu la période de l'opulence.

Dans un coin au fond du terrain, un monticule avait été surnommé par madame Saint-Cernin « la colline ». On pouvait le gravir grâce à des pierres judicieusement disposées en forme d'escalier, et, parvenu à son sommet, on pouvait voir la crête enneigée des Pyrénées. Ainsi, été comme hiver, cet endroit était de nature à divertir les invités. Comme chaque jeudi ou samedi, l'un de ces invités, le curé du village, le père Gaubert, ne manquerait pas de passer. Elle appréciait ce moment de conversation avec cet homme cultivé, maniant l'humour aussi bien que le latin, qui lui apportait des nouvelles des uns et des autres, lui parlait des affaires du pays et de la gloire de dieu, et, en plus, ne manquait pas de lui glisser un compliment à l'occasion. En ce jour de juillet 1860, le curé, qui recevait un journal de Paris, ne manquerait pas de brosser le tableau de la dizaine d'années écoulée depuis la prise du pouvoir par Louis Napoléon. Il lui parlerait des transformations de la capitale par le baron Haussmann, de la nouvelle conception du commerce à travers les grands magasins, toutes choses qui faisaient rêver madame Saint-Cernin et sa fille, et les transportaient dans un autre monde. L'une et l'autre pensaient qu'elles finiraient bien un jour par aller visiter la capitale dont on disait qu'on ne s'y ennuyait jamais. Les théâtres y pullulaient, et l'opéra bouffe y prenait son envol grâce à un compositeur allemand, ce M Offenbach dont la musique éclatait dans l'allégresse. Par chance, le prêtre raffolait de ses croustades et ne se faisait pas prier pour reprendre un verre d'hypocras. Mais surtout, il portait joliment ses quarante ans et plus d'une jeunette d'Orgibet aurait donné cher pour se trouver à la place de madame Saint-Cernin. Un jour où la conversation était devenue un peu folle, elle lui avait même avoué : « quel dommage, monsieur le curé, que vous ayez choisi cette voie, vous auriez pu faire un gendre idéal ». Alors qu'ils éclataient de rire, Marie vit bien que la main du curé s'était posée sur le poignet de sa mère, et elle en éprouva un peu de jalousie. Une demande de la maîtresse de maison dissipa le nuage :

- Marie, s'il te plaît, va donc nous chercher encore de la croustade.

Quand elle revint, elle crut voir que le père Gaubert avait brusquement écarté sa chaise pour s'éloigner de sa mère, mais sa main était encore sur le poignet de celle-ci. Il lui sembla que sa mère avait le teint bien rouge et qu'elle cherchait une position aussi neutre que possible sur sa chaise. Il lui vint alors la conviction que si sa mère l'envoyait si facilement chercher de la croustade, c'était pour avoir un petit moment de répit en tête-à-tête avec le prêtre, et cette découverte lui procura brutalement une bouffée de jalousie. Elle eut le sentiment d'avoir pris deux enfants en faute devant un pot de confitures, et se vengea avec une réflexion qu'elle voulait perfide :

-mon père, nous allons croire que vous ne venez ici que pour nos croustades, nous pourrions nous vexer.

- Détrompez-vous. J'adore vos croustades, mais je suis surtout ravi d'être accueilli par les deux plus aimables femmes d'Orgibet, par leur sourire et leur gentillesse. Je dois avouer que toutes mes paroissiennes n'ont pas les mêmes qualités. Je reconnais volontiers que votre croustade est parfaite : caramélisée à point, ni trop, ni trop peu. Et votre hypocras mériterait bien un prix. J'avoue que je pense bien à lui pendant l'office, quand je bois le vin de messe. Ne le dites pas à Rebuffel, qui me le fournit, mais je pense que son vin n'est pas à la hauteur. On ne pourrait certainement pas l'utiliser pour en faire de l'hypocras. Dans votre production, je crois que vous possédez parfaitement la notion des proportions. On distingue facilement les parfums des divers ingrédients, on y trouve toute la lumière de notre beau département de l'Ariège. Certains ont la main trop lourde sur le gingembre, et on ne sent plus rien d'autre que ce gingembre qui cache les saveurs des autres épices. D'autres, négligents ou désinvoltes, se contentent de mélanger le miel au vin, sans ajouter les ingrédients indispensables, et vous présentent cette aberration sous le nom d'hypocras. Au mieux, ils ajoutent quelques clous de girofle parce qu'on en a toujours chez soi, mais nous sommes encore loin de votre boisson magique. Ce brave Hippocrate qui, selon la légende, aurait donné son nom à ce savant mélange, n'aurait pas toléré la moindre déviation. Le vôtre est tout simplement remarquable et mériterait un prix.

- Mais, mon père, vous nous poussez au péché de gourmandise.

- Pas du tout, chère Hélyette, la gourmandise comme péché, c'est ce qu'on dit aux enfants pour qu'ils n'exagèrent pas. Moi, je prétends que si Dieu nous a donné le plaisir, c'est pour que nous en profitions ; ne pas apprécier les bonnes choses, c'est lui faire injure.

Le père Gaubert, dynamique et empathique, rendait facilement visite à ses ouailles, mais c'était en principe dans le cadre strict de sa mission : il s'arrêtait pour prendre des nouvelles du bébé qu'il avait baptisé le dimanche précédent, du vieillard malade dont on pensait qu'il aurait bientôt besoin de l'extrême- onction, ou du riche propriétaire qui ne manquerait pas de lui glisser un billet quand il l'informerait des travaux, indispensables mais coûteux, à accomplir sur le toit de l'église.

Pour gagner la confiance de la population, le curé se muait parfois en guérisseur, se faisant fort de soulager les douleurs inévitables résultant du travail à la campagne : manipulation de la faux pendant plusieurs heures, déplacement des monumentales meules de foin, nettoyage du ruisseau, voire un coup de sabot intempestif d'un cheval énervé par les mouches, tout ce qui était douleur musculaire ou coup sur les reins pouvait être traité par ce masseur-kinésithérapeute autoproclamé. On trouvait toujours quelqu'un pour expliquer comment l'abbé Gaubert l'avait soulagé de son arthrose ou du lumbago. De plus, certaines femmes qui rechignaient à consulter un médecin parce qu'elles ne voulaient pas se dénuder devant un homme, n'hésitaient pas à se déshabiller devant un curé puisqu'il était supposé incarner l'innocence et la chasteté. Quelques-unes admettaient que l'allure angélique du prêtre les aidait bien à se dévêtir. On soupçonnait même certaines délurées d'y trouver un amusement. Le curé kinésithérapeute avait un sens rigoureux de la mise en scène. Au pied du lit où il faisait s'installer les patients, il disposait deux grands bougeoirs garnis d'un cierge, et il massait le malade en récitant des prières à voix basse, et de préférence en latin. Quand il savait qu'il allait recevoir une personne à traiter, il donnait au préalable quelques coups d'encensoir dans la pièce où se trouvait le lit d'intervention , de sorte que, dès son arrivée, le patient était informé par l'odeur ambiante qu'il allait recevoir un traitement magique et fatalement efficace. On disait bien que, parfois, si le patient était en fait une jeune et jolie femme, les mains du praticien s'égaraient assez loin du point douloureux. Aux observations, il répondait que le réseau nerveux était tellement étendu dans le corps que, pour s'assurer de l'efficacité du processus, il était utile de masser large. Il ajoutait que Dieu lui ayant donné le don de calmer les douleurs, il l'éclairait également sur la pratique à suivre pour y parvenir.

La hiérarchie avait vu d'abord d'un bon œil ce prosélyte entreprenant, actif sur le terrain, malgré quelques bruits courant sur son comportement, qu'on mettait volontiers sur le compte de la médisance ou du parti pris des rouges. Avec le temps, le village s'était habitué à ce personnage hors du commun à qui on aurait pu tout pardonner.

Mais le cours des choses avait failli dérailler l'an dernier quand le pouvoir supposé de guérison de Gaubert s'était heurté à la dure réalité médicale. Dans la nuit, un jeune couple rongé par l'angoisse était venu sonner à sa porte. Leur bébé, qui n'avait pas trois mois, éprouvait des difficultés à respirer. Le médecin de famille souhaitait le faire transporter à l'hôpital de Foix, et les parents avaient pensé qu'ils pouvaient d'abord s'adresser à Gaubert, dont tout le monde vantait les capacités. Celui-ci, agacé d'être réveillé en pleine nuit, mais soucieux de conserver son image de sauveur, avait fait semblant de consulter le bébé, accolant l'oreille en différents endroits du torse. Puis il l'avait l'obligé à tousser en le tenant tête en bas. Il avait enfin laissé parler son orgueil : « ce n'est qu'un petit embarras pulmonaire, je vais vous arranger ça, inutile de le transporter à l'hôpital, ce serait du temps perdu alors qu'il faut agir tout de suite ». Puis il avait longuement massé le torse du bébé en récitant des prières. Le malheureux mourrait le lendemain soir. La nouvelle du décès avait bouleversé le village, certains n'hésitant pas à mettre en doute les dons supposés de Gaubert, d'autres criant à l'assassin car on ne laisse pas hors des soins de la médecine un être aussi fragile qu'un bébé, et tous dénonçaient le caractère illuminé du curé ; l'acharnement qu(ils y mettaient était peut-être destin é» à faire oublier la compréhension dont ils avaient fait preuve auparavant. Le terme d'illuminé alla même jusqu' à l'évêché, ce qui écorna quelque peu l'image de Gaubert aux yeux de la hiérarchie. De ce jour, commença une tendance à la désertion des fidèles, telle qu'on pouvait la constater le dimanche au sortir de la messe.

La boulangère elle-même l'avait ressenti :« j'ai perdu au moins la moitié des ventes de gâteaux le dimanche matin ».

Cet après-midi, sous la tonnelle, dans la sérénité retrouvée, et comme c'était inévitable, la conversation vint à rebondir sur la boulangère « qui donnait l'impression de s'être fait voler son pain », de la postière qui « ne souriait que lorsqu'elle perdait une dent », ou du vieux Magloire qui « sentait du bec ».

Conscient du rôle qu'on attendait de lui, Gaubert faisait par moments mine de vouloir modérer les propos excessifs :

- Mes amies, ne nous laissons pas aller à la critique. Dans l'ensemble mes paroissiens sont de braves gens qui ont quelquefois des difficultés, qui peuvent commettre des erreurs, mais dans un troupeau de fidèles, chaque mouton doit recevoir le même soutien de son berger. Je ne veux pas faire de différence entre les paroissiens. Je peux accepter les faiblesses des uns ou des autres ; je dirais même que c'est mon devoir. Gardons-nous de la prétention, seul Dieu est au-dessus de nous tous, seul il peut faire le tri entre ses ouailles ; nous ne sommes que poussières.

Ne trouvant plus qui étriller, ou n'osant plus, la maîtresse de maison changea de conversation :

-Ah ! mon père ! Vous êtes toujours en possession de nombreux livres de géographie ?

- Certes, la géographie est ma passion. Je ne veux pas avoir l'air de me vanter mais je crois pouvoir dire que le monde entier se trouve chez moi. C'est mon privilège.

- Marie a un devoir sur le Massif Central, auriez-vous quelque chose à lui prêter ?

- Bien sûr, viens donc au presbytère jeudi prochain, je te préparerai les ouvrages utiles.

Quand elle la vit passer depuis la fenêtre de sa cuisine qui était sa tour de guet, la mère Brigaud afficha un rictus méprisant.

- Ah, tiens, la voilà celle-là. Eh bien, Martin aura quelque chose à raconter.

Martin Brigaud, son fils, était un enfant de chœur appliqué mais sournois. Peu friand de l'école, il apportait un soin particulier au service du curé pour l'aspect quasi officiel que cette activité supposait. Quand il l'accompagnait dans le service de la messe, il avait le sentiment que l'humanité entière l'observait et il se sentait important. Et, la veille même, il avait raconté à sa mère une scène intrigante. Il était entré dans le presbytère de manière imprévue alors que Marie s'y trouvait, et il avait entendu parler. Il s'était arrêté dans l'entrée, la respiration suspendue, car il se demandait ce que ces deux-là pouvaient avoir à se dire, et sa curiosité habituelle, héritage de sa mère, s'en trouvait aiguisée. La voix de Marie semblait protester mais sans trop de conviction, avec un peu de retenue quand même.

- Oh, non, monsieur le curé, ne me faites pas ça, par pitié. Si Dieu vous regarde...

Se demandant si on égorgeait la pauvre fille, Martin avait largement ouvert ses oreilles, et avait bien compris les paroles de Gaubert.

- Mais, mon enfant, ne t'inquiète pas, c'est pour te faire plaisir, tu verras après comme tu seras bien.

- Mais je suis toute mouillée là où vous me caressez.

- Justement c'est le bien qui commence. Ne t'inquiète pas, tu n'es pas malade, c'est comme de l'eau bénite. Quand tu auras ressenti tout le bien, tu souhaiteras que je recommence... La petite Griffet, de l'épicerie, est toujours contente et elle me demande parfois de recommencer. Mais, surtout, ne lui en parle pas, ni à personne, car c'est un secret entre toi et moi, et Dieu pourrait nous reprocher de trahir le secret. Ce que je te fais là n'est pas pour tout le monde. C'est parce que le seigneur estime que tu en es digne.

Puis Martin n'avait plus entendu de bruit jusqu'à quelques gémissements saccadés, conclus par un éclat de rire qui le rassura sur la santé de Marie.

Il s'était à grand peine retenu de surgir, se disant que ce n'était peut-être pas une affaire pour lui. Si le seigneur était au courant, il ne pouvait y avoir de mal.

- Tu as bien fait de ne pas bouger lui avait expliqué la mère Brigaud, bien embarrassée par ce secret phénoménal, désolée de ne savoir à qui le confier sur le champ, mais pressée malgré tout de trouver une oreille complaisante.

Elle avait, pour faire bonne mesure, ajouté qu'on n'écoute pas aux portes sauf quand on est possédé par Satan, et avait fait promettre à son fils qu'il ne recommencerait pas. L'enfant avait promis, tout en pensant que cela ne l'engageait à rien

Et cet après-midi, Gaubert se trouvait bien ennuyé car il n'osait pas regarder Marie en face . Il ne pouvait pas chasser de son esprit la douce chaleur de ce jeune corps, le velouté de la peau, et le secret du pacte imposé à Marie était lourd à porter. La requête de madame Saint-Cernin lui fut comme une bouée de sauvetage.

- Monsieur le curé, je suis très ennuyée, et comme je sais que vous êtes de bon conseil, je n'hésite pas à solliciter votre avis.

- Ne vous gênez pas. Dieu vient en aide à toutes les souffrances, dites-moi ce qui vous ennuie.

- Eh bien, voilà. Quand mon mari est mort, il y a quatre ans, notre maison avait besoin de réparations. Je n'avais pas d'argent. On m'avait conseillé de m'adresser à un certain Gauvry, de Pamiers, chez qui j'ai emprunté trois mille francs, remboursables au bout de deux ans, et frappés d'un intérêt de dix pour cent.

- Ne me dites pas que c'est moi qui vous avais conseillé ce sale bonhomme.

- Nous ne nous connaissions pas à l'époque, et c'est bien dommage car vous m'auriez évité de commettre une telle erreur. Depuis trois mois ce Gauvry me harcèle à coup de lettres recommandées.

- À mon avis, vous avez eu tort d'accepter un délai de remboursement aussi court et un intérêt aussi élevé. Ce n'est pas ainsi que pratiquent les prêteurs quand ils sont honnêtes.

- Je n'ai jamais pu verser les intérêts, aussi il me menace, si je ne rembourse pas la totalité immédiatement, de m'envoyer les huissiers. Je suis désespérée. Je n'ai pas le début du commencement d'un sou. Comment puis-je faire ?

Gaubert se cala dans le dossier de la chaise en allongeant ses jambes, prit une grande respiration pour meubler le silence, et finit par lâcher :

- L'idéal serait que vous disposiez d'un écrit de cet individu vous informant qu'il vous accorde soit un délai supplémentaire, soit une réduction de votre dette, soit encore les deux, mais là il ne faut pas compter sur les miracles. Dans les affaires d'argent, il n'y a jamais de miracle. Une fois que vous aurez cette lettre, il pourra tenter tout ce qu'il voudra, même vous traîner en justice, ce sera sa parole contre la vôtre. D'ici là, nous verrons ce que nous pourrons faire, nous avons le temps d'y réfléchir...

- Mais il n'acceptera jamais de me faire cette lettre !

- Aucune importance, je peux vous la faire à sa place. Avez-vous un exemplaire de son écriture ?

- Oui, il avait établi lui-même ma reconnaissance de dette, j'ai donc son écriture.

- Le brave homme ! Quand j'étais au séminaire, je m'amusais à imiter les écritures de mes camarades, il paraît que j'y réussissais assez bien. C'était même devenu une attraction. Voulez-vous m'apporter de quoi écrire, et cette reconnaissance. Nous allons bien voir.

Madame Saint-Cernin disposa sur la table de quoi écrire et la fameuse reconnaissance de dette. Gaubert s'y pencha avec l'allure d'un bijoutier évaluant une rivière de diamants. Puis il prit une gorgée d'hypocras avant de se prononcer

- Bon, bon, bon, je vois tout de suite des bizarreries dans cette écriture qui sont autant de signes distinctifs que je peux imiter. C'est intéressant. Regardez, la lettre « l » par exemple... Quand on arrive en-haut de la boucle, avant de redescendre vers la ligne, il y a une espèce de renflement, comme si son auteur pensait que ça fait plus chic, ou s'il gonflait ses poumons avant de redescendre. Et regardez le »t ». La barre en principe horizontale part du milieu et se lance vers le haut comme pour tenter d'atteindre le ciel. Enfin, il ne ferme jamais complètement le « o ». C'est frappant. Bon, je vais faire la lettre qu'il est censé vous avoir adressée.

En prenant bien soin de reproduire les défauts qu'il avait détectés, Gaubert écrivit lentement :

Madame, j'ai bien reçu votre courrier du...

- Là, nous indiquerons la date de la dernière lettre que vous lui aurez adressée

De ce fait, je veux bien porter à huit ans le délai de remboursement et ramener à deux pour cent le taux des intérêts attachés à votre dette. Compte tenu de votre situation je renonce à toute poursuite dans le cas où vous ne pourriez assumer vos obligations mais je vous inviterai alors à formuler de nouvelles propositions en vue de solder votre dette dans les meilleurs délais...

Veuillez agréer, madame,

La dernière phrase achevée, il posa la plume avec une mine réjouie, que l'hypocras, dont il s'était resservi, avait contribué à colorer.

- Constatez-donc la ressemblance, on pourrait s'y tromper. J'espère que les juges s'y tromperont, c'est le but de l'opération.

Madame Saint-Cernin approuva bruyamment et convoqua Marie pour admirer le résultat. Gaubert, hilare, ne cachait pas sa satisfaction.

-Et voilà. Si quelqu'un vous relance, il vous suffira de lui mettre cette lettre sous le nez. Et je peux même témoigner du jour où vous l'avez reçue. Nous dirons que c'était un lendemain de l'Ascension. J'étais là et vous m'avez joyeusement fait part de votre satisfaction. Vous souvenez-vous ? Il faisait très beau ce jour-là. En cas de besoin, n'hésitez pas à m'appeler. Vos croustades valent bien un petit mensonge.

- Oui, mais si mon adversaire est malhonnête comme je le crois, il ne se gênera pas pour prétendre que cette lettre a été faite par moi-même.

- Dans ce cas, vous me préviendrez, et je pourrai témoigner en votre faveur. Je dirai que j'étais présent quand le facteur vous l'a remise, et que vous me l'avez lue en explosant de joie. Si c'est la factrice qui vous l'a remise, c'est bien la preuve qu'elle n'a pas été fabriquée par vous-même. Et tant pis si je parais présomptueux, mais le témoignage d'un prêtre garde encore quelque autorité devant les tribunaux, Dieu merci.

Le visage de madame Saint-Cernin retrouvait son éclat.

- Oh, mon père, c'est un péché qui s'ajoute à un autre. Je ne vais pas vous apprendre que le mensonge est un péché.

- Oui, mais celui-là est véniel puisqu'il s'agit de venir en aide à une paroissienne dévouée. Dieu saura faire la part des choses entre cette modeste entorse à la vérité et tout le bien que votre dévouement apporte à la paroisse. La balance, je vous l'assure, penchera en votre faveur.

Ni l'un ni l'autre n'avaient oublié cet après-midi quand s'ouvrit devant la cour d'assises de Toulouse le procès pour faux en écritures intenté contre le père Gaubert. Le coriace Gauvry avait soutenu mordicus qu'il n'était en rien l'auteur de la lettre assouplissant ses conditions. Il affirmait que les conditions qu'il avait édictées étaient déjà bien généreuses par rapport à la pratique habituelle, qu'il ne gagnait pas grand-chose sur cette opération, et que les dispositions indiquées dans la dernière lettre n'avaient pu que germer dans un cerveau ignorant tout des obligations du métier de prêteur. La cour d'assises pour un prêtre coupable de faux en écritures, la presse parisienne anticléricale s'en donnait à cœur joie. D'autant plus que certains au village étaient heureux d'en rajouter un peu, et la situation prit des contours imprévisibles, la rumeur d'un enfant caché ajoutant sa dose de piment. Madame Saint-Cernin devenue grand-mère de l'enfant que sa fille aurait conçu avec Gaubert, et dont l'existence était soigneusement cachée, voilà qui dépassait tout ce que le palais de justice de Toulouse avait pu entendre jusque-là. A Orgibet, la mère Bourlier n'était pas la dernière pour alimenter la rumeur. Le nez pointu plongeant vers le bas, la mâchoire inférieure proéminente, on disait qu'elle pouvait casser des noix entre nez et menton. Quand elle ne cassait pas des noix, elle excellait à détruire des réputations. Quand elle pouvait mettre la main sur un journaliste, elle se penchait vers son oreille avec l'air de lui confier un secret d'Etat :

- Et puis, vous savez, ils ont eu un enfant caché, les deux lascars.

- Vous en êtes certaine ? Vous l'avez vu ?

- Un enfant caché, comme il est caché, personne ne l'a vu, mais je suis sûre de ce que je dis.

Et elle hochait la tête d'un air informé.

Le fait que cet enfant était invisible devenait ainsi une preuve de son existence.

Devant la cour d'assises qui poursuivait Gaubert pour faux et usage de faux, l'avocat général n'était pas du genre à plaisanter avec la réputation de la religion : « comment un homme d'Eglise, celui à qui on fait confiance pour qu'il vous aide dans la difficulté, comment un tel homme peut-il établir un faux quand sa conscience comme l'éducation reçue lui enseignent de ne pas mentir ? »

L'avocat de la défense, un vieux ténor du barreau de Toulouse à la voix puissante et rocailleuse, habitué à voler au secours de chefs d'entreprise véreux, avait su toucher le jury ;

- Oui, mesdames et messieurs du jury, vous devez juger un homme qui a fait passer son intérêt personnel derrière sa foi, qui se consacre depuis des années au seul bonheur et au salut de ses paroissiens. Quand madame Saint-Cernin l'a informé de ses difficultés, cet homme charitable n'a pas voulu se soustraire à son devoir, il n'a songé qu'à une chose : l'aider. Il a voulu la secourir comme on le ferait d'une personne qui se noie. Car elle se noyait ! Après l'épreuve du veuvage, les problèmes financiers lui tombaient dessus. C'est alors que l'abbé a voulu la sauver ; je vous demande : comment aurait-il pu en être autrement ? Cette paroissienne pratiquait une dévotion admirable, usant de son temps en faveur de l'église, entretenant l'autel en veillant chaque jour à son approvisionnement en fleurs fraîches, s'occupant de la réparation des tentures et rideaux, assurant le secrétariat du presbytère, s'occupant d'enseigner le catéchisme, ne comptant pas son temps ni ses efforts ; l'accusé , par gratitude, n'a pas hésité à l'aider, fût-ce au prix d'un écrit non admis par la justice des hommes mais que la justice divine peut regarder avec compréhension et bienveillance. Avec charité, dirais-je même. Osera-t-on reprocher à mon client son sens de la gratitude et son désir d'aider une paroissienne méritante en détresse ? Peut-on condamner un homme de Dieu pour avoir voulu appliquer les principes recommandés par les écritures de son église ?

Les jurés, sans doute fatigués d'avoir supporté pendant plusieurs jours les débats qui les avaient amenés à sanctionner successivement trois crimes pour lesquels ils s'étaient prononcés en faveur de la peine de mort, étaient restés réceptifs à ce mode de défense. Les acteurs de cette séquence dépourvue de mort et de sang les avaient conquis. Une activité de faussaire, de la part d'un curé, voilà qui pouvait choquer certains, mais c'était un faussaire pour de bonnes raisons. Les rares mécréants d'Orgibet en faisaient leur miel, arguant qu'en tout état de cause, la fonction première d'un curé était de faire croire à l'invraisemblable. Ce n'était qu'une affaire du quotidien dans laquelle on ne rencontrait que des gens modestes et pacifiques. Chacun des jurés se sentait près d'eux, ils étaient presque de la famille. Et puis, toute la France, grâce à ce curé serviable, connaissait maintenant l'existence d'Orgibet. De plus, est-il possible de condamner un homme de Dieu sans encourir les foudres du Ciel ? La justice des hommes peut-elle avoir la prétention de se mesurer à la justice divine ? Quel sacrilège ! Ainsi, le père Jean Justin Gustave Polidor Gaubert bénéficiait d'un acquittement.

Ce qui aurait dû être un soulagement pour lui ne fut qu'un obstacle : son évêque lui fit savoir qu'il ne donnerait pas suite à sa demande de se voir confier une paroisse supplémentaire. Obstiné, et surtout vexé, Gaubert lui écrivit en insistant sur le fait que la justice elle-même avait reconnu que son faux était surtout guidé par la valeur chrétienne de solidarité envers une paroissienne méritante, et il sollicitait une audience auprès de l'évêque pour pouvoir s'exprimer complètement. Ce courrier n'ayant obtenu aucune réponse, il le renouvela trois semaines après, sans plus de succès. Une nouvelle tentative, et la réponse fut alors cinglante : visiblement excédé, l'évêque lui faisait part des doutes qu'il avait sur son comportement, lui parlait sans autre précision de nouvelles qui lui avaient été communiquées sur sa façon d'exercer son ministère, « dont Dieu jugerait de la moralité », lui signifiait qu'il ne voulait plus avoir à connaître de son affaire, et lui ordonnait sèchement de ne plus le solliciter.

Les activités paramédicales de Gaubert l'avaient plutôt desservi dans l'opinion que la hiérarchie se faisait de lui. L'attaque la plus rude était venue d'un groupe de médecins catholiques qui s'interrogeaient sur ses compétences en matière de lutte contre la douleur ou, plus généralement, la maladie. Ce groupe, aligné derrière un praticien hospitalier renommé et bien en cours à l'évêché, mais surtout généreux donateur pour le denier du culte, avait tapé juste en évoquant le temps des « sorcières du Moyen-Age » que pouvait rappeler l'abbé manipulateur.

Le curé se demanda alors qui avait révélé à l'évêque son activité de massage qui semblait constituer le principal reproche, et trois ou quatre noms de rouges vinrent à son esprit. D'abord en colère, il prit rapidement le parti d'afficher l'indifférence, et de continuer sans rien changer à ses habitudes.

C'est après un soir de dégustation de croustades que Marie décida de rompre avec cet univers fangeux. C'était simple : ni sa mère ni Gaubert ne la retenaient à Orgibet. Pour sa tranquillité et son épanouissement, il lui fallait les fuir l'un et l'autre. De plus, elle en voulait à sa mère d'avoir pris apparemment une longueur d'avance dans le cœur du prêtre. Il lui fallait partir. Mais pour aller où ? Sans métier, sans argent, il ne lui apparut qu'une solution raisonnable : sa grande amie depuis la plus tendre enfance, Suzanne Valton. Suzanne était installée à Toulon, où, s'étant mise en ménage avec un homme d'affaires assez riche pour lui offrir une cage dorée, elle tenait un hôtel dans le quartier du Chapeau Rouge. Les lettres qu'elle écrivait à Marie la faisaient rêver ; dans ce pays, il y avait toujours du soleil, le matin tôt on pouvait se promener en bord de mer et en respirer les odeurs qui vous dégageaient les narines ; à la belle saison on entendait le chant des cigales en traversant des bosquets aux senteurs de romarin et de thym, bref ce n'était peut-être pas le paradis, mais on en était tout près. Souvent, Suzanne terminait ses lettres par ces mots : « viens me rejoindre, je t'hébergerai, il y a de la place dans mon hôtel, et nous rirons bien ensemble. Tu te rappelles le coup avec la mère Flouaze ? Nous ne ferons pas le même ici, mais nous en trouverons d'autres ».

La mère Flouaze était leur institutrice quand elles avaient convaincu les garçons d'écraser des craies de couleur sur son siège en bois. Comme toujours, la mère Flouaze, serrée dans son éternelle robe noire, le regard fixé sur la classe pour vérifier que personne ne bougeait, s'était précipitée brutalement sur sa chaise. En se relevant pendant le cours, elle avait déclenché un fou-rire général, ce qui n'avait pas amélioré son humeur ; le lendemain, dans le rang, on entendait une chanson nouvelle : « Flouaze a le cul jaune, Flouaze a le cul bleu ! » enfin, « le Chapeau Rouge » était une appellation bien amusante : on ne devait pas s'ennuyer dans cette ville.

Après une ultime dispute avec sa mère, portant précisément sur leurs rapports respectifs avec Gaubert, Marie boucla sa valise et prit le chemin de la gare.

Chapitre 2

Les jambes ramollies par la fatigue, mais peut-être aussi par le sentiment d'entreprendre dans l'inconnu une nouvelle étape de sa vie, Marie se hasarda sur le trottoir devant la gare , ne sachant comment rejoindre le quartier du Chapeau Rouge. Un vieil homme vêtu d'un bleu de chauffe et coiffé d'une casquette marchait devant elle. Elle lui passa devant pour demander son chemin. Il la détailla en silence des pieds à la tête, avec insistance, comme pour l'évaluer, puis désigna un tramway qui attendait là, et lui donna le nom de la station où elle devait descendre. L'endroit où elle descendit ne lui parut pas des plus accueillants alors qu'elle venait d'apprécier la vaste place et la fontaine devant la gare. Ici, la chaussée était défoncée par endroits, ce qui offrait un hébergement à des flaques d'eau croupie, et de vieilles inscriptions sur les murs attestaient qu'ils n'avaient pas reçu de peinture depuis longtemps. Elle s'enfila dans une rue étroite aux façades fatiguées, décrépies par endroits. Sur le trottoir, des femmes avaient sorti des chaises et bavardaient bruyamment. Leurs manières, comme leurs vêtements, disaient qu'on ne se trouvait pas là dans l'endroit le plus chic de la ville. Et puis que faisaient là ces femmes à cette heure matinale ? Plus loin, encore enveloppée dans sa robe de chambre, l'une déversait son seau hygiénique dans le caniveau.

- Tiens, la Georgette a beaucoup reçu, commenta une voix.

Elle s'arrêta auprès du groupe pour demander l'hôtel du Levant, car elle se souvenait de l'enseigne de chez Suzanne. Une des femmes, une jeune brune aux joues potelées, avec une mèche en accroche-cœur, jaillit du lot et Marie fut surprise de s'entendre tutoyer :

- Je t'explique : tu continues tout droit et tu prends la première à gauche. Le Levant est tout de suite après, c'est marqué.

Elle avait bien entendu, quand elle avait annoncé l'enseigne, une autre voix de femme qui s'était exclamée : « Ah ! C'est chez Suzanne ! »

Cette réflexion l'avait rassurée. Ici on connaissait son amie, et ce pourrait être utile pour se faire mieux accepter.

Dès qu'elle franchit la porte, elle aperçut Suzanne, assise derrière un comptoir débordant de fleurs. Son amie vint vers elle, et elles s'étreignirent.

- J'ai reçu ta lettre hier seulement dit Suzanne, mais j'ai eu le temps de te faire préparer une chambre tranquille, qui donne sur la cour, et qui reçoit le soleil une bonne partie de la journée. Tu devrais être bien.

« Te faire préparer ». Ainsi, Suzanne employait du personnel et ne faisait pas le ménage elle-même. C'était un signe de réussite, et Marie fut rassurée d'avoir mis sa confiance en elle.

Les deux amies montèrent jusqu'à la chambre et s'assirent sur le bord du lit. Elles commencèrent par évoquer le pays. Suzanne demanda des nouvelles de connaissances communes et s'inquiéta de savoir si le père Gaubert était toujours beau garçon, et s'il exerçait toujours à Orgibet. Puis Marie s'inquiéta :

- Je vois que je suis bien logée, grâce à toi ; maintenant je vais devoir chercher un travail.

- Tu plaisantes, tu travailleras ici, avec moi.

- Comment ça ? Je ne connais rien à l'hôtellerie.

- Pfff ! Je ne te parle pas d'hôtellerie. Mais tu connais un peu les hommes ?

- Je n'en suis pas sûre, que veux-tu dire ?

- Ne me dis pas que tu ne comprends pas. Ce quartier est connu du monde entier grâce aux marins qui y rappliquent de partout. C'est un endroit où ils viennent pour s'amuser après avoir parcouru les mers, ce qui les a privés de femmes pendant plusieurs mois. Et puis, il y a aussi les bourgeois de la ville à qui madame, en vieillissant et en devenant aigrie, n'a plus envie d'accorder ses faveurs. Ce qu'ils viennent chercher ici c'est un peu de la douceur féminine, c'est qu'une femme s'intéresse à eux, qu'elle les apaise. Tu sais, quel que soit leur âge et leur condition, tous les hommes ont besoin d'une femme pour les aider à vivre. Quand ils ne l'ont pas chez eux, ils viennent la chercher chez moi. C'est tout simple, et je compte sur toi pour être dans l'équipe ; tu es plutôt jolie et tu convaincras vite des fidèles ; je te présenterai tes collègues, tu verras elles sont toutes gentilles et elles pourront te mettre au courant au début.

Marie tombait de haut. A Orgibet, comme on disait que Suzanne avait épousé un riche propriétaire d'hôtel, elle avait cru, en lui écrivant, s'embaucher dans un établissement de luxe, son amie pouvant lui trouver un emploi pour le ménage, la cuisine, ou la réception, ce dont elle se serait contentée aisément ; mais voilà qu'on lui proposait d'intégrer une équipe de filles de joie. Elle n'avait jamais envisagé pareil avenir. Elle réfléchit rapidement que si elle refusait, il lui faudrait malgré tout trouver un emploi - par quel moyen ? - pour pouvoir payer sa chambre. Et Suzanne lui avait parlé des « fidèles » qu'elle trouverait. Ce terme plus ou moins religieux ne pouvait que la rassurer. Fatiguée par le voyage, elle n'avait pas la force de réfléchir longtemps ; elle avait voulu rejoindre son amie à Toulon, elle y était. Elle ne répondit pas, mais c'était superflu, Suzanne avait son plan, et elle paraissait persuadée depuis toujours de son accord. Marie n'avait qu'à laisser prospérer le cours des choses. Finalement, cet imprévu était plutôt confortable, elle ne décidait de rien, il suffisait de se laisser conduire. Comme si une force invisible et bienveillante décidait pour elle.

Le soir même, elle descendrait acheter une carte postale pour sa mère afin de la rassurer, lui dire que Suzanne l'hébergerait, lui trouverait du travail ; bref, tout allait bien et l'avenir s'annonçait souriant.

Chapitre 3

- Ainsi, après le départ de ma fille, c'est vous que je dois perdre ? Je vais rester seule. Ce monde m'est bien cruel. Et vous l'êtes aussi puisque vous m'abandonnez.

- Comprenez-moi, Hélyette, je ne vous abandonne pas, je ne vous oublierai pas, et nous nous écrirons. Je reviendrai dès que possible. Mais, pour le moment, je veux faire comprendre à l'évêque que je n'apprécie pas sa méthode. Si je pars, sans le prévenir, il sera bien obligé de désigner en hâte un successeur pour la paroisse. Il y aura de l'ébullition sous la mitre ! De plus, je pars pour évangéliser, il lui sera bien difficile de me le reprocher. Puisqu'il me méprise, qu'il se débrouille !

- Cher ami, je ne voudrais pas vous dicter votre conduite, mais il me semble que vous commettez là plusieurs péchés à la fois ; la colère, d'abord, car c'est sous l'effet de la colère que vous décidez de partir. L'orgueil, ensuite, car il vous plaît de mettre votre évêque en difficulté, et vous voulez lui prouver que vous n'avez pas besoin de la hiérarchie pour exister. Je sens que cela vous amuse et nous ne sommes pas loin du péché de vengeance.

- Je vous l'accorde, vous avez le droit de penser que je me venge, mais il faut que cet individu, tout gonflé de son pouvoir, apprenne les bonnes manières ; je ne vous abandonne pas, et du fin fond de l'Afrique, je prierai pour vous. Entre nous, je me demande si la vengeance est vraiment un péché.

Mais comprenez-moi : il y a fort à faire dans ces pays de mission. Nous avons une dette à l'égard des peuples noirs. Savez-vous que c'est parce que Las Cases a démontré que les Indiens avaient une âme, que l'Eglise, ce n'est pas à sa gloire, a choisi de soutenir l'esclavage des Noirs plutôt que celui des Indiens, erreur qu'elle a mis bien trop longtemps à admettre. Aussi, je ressens comme un devoir de participer à l'évangélisation des Noirs. Les évangéliser, c'est les amener à notre niveau, c'est reconnaître qu'ils ont eux aussi une âme. Un de mes anciens condisciples du séminaire est prêt à m'accueillir à Dakar. Nous nous écrirons souvent, enfin je reviendrai dès que possible. Ne m'en veuillez pas si je pars évangéliser des sauvages et les transformer en bons chrétiens, mais je vous garantis que, quoi que je fasse, où que je sois, je penserai à vous ; pour moi aussi cette séparation est amère. Mais je me dis qu'un jour ma mission finira et je reviendrai.

- Et puis, rajoutait Hélyette, à bout d'arguments, je m'étais habituée à vos livraisons de champignons. Comment ferai-je à l'avenir ?

Chaque automne, après les grosses pluies, Gaubert battait la campagne et les bois pour ramener des cèpes et des girolles qu'il livrait à son amie en ajoutant quelques feuillets sur lesquels il avait rédigé des recettes savoureuses. .

- Vous avez bien noté toutes les astuces pour la préparation des champignons, et si par hasard vous avez oublié, ou si vous êtes pressée, un peu d'ail et de persil finement hachés suffisent pour faire des merveilles. Et, en dégustant, vous penserez encore mieux à moi. Vous qui m'avez suivi fidèlement depuis que je suis ici, vous savez bien combien j'ai donné de mon temps à mes paroissiens. Et aucun autre de mes collègues n'est allé jusqu'à procurer à ses ouailles des soins médicaux pour apaiser leurs douleurs physiques. Allier l'apaisement physique à l'apaisement moral, voilà me semble-t-il ce qui devrait motiver tout bon berger.

Ce que Gaubert ne disait pas, c'est que maintenant qu'il connaissait bien le corps de la femme blanche à travers Marie et quelques autres, il était curieux de découvrir celui des femmes noires. Il se souvenait d'un camarade du séminaire, grand collectionneur de livres que le Vatican mettait à l'index, déclarant : « la peau de la femme noire a une odeur irrésistible, qui la différencie de la femme blanche, cette peau sent le soleil et les plantes exotiques. Selon les connaisseurs, rien n'équivaut aux effluves dégagés par leurs aisselles. Le parfum en est grisant ».

L'évangélisation était un prétexte bien commode ; et maintenant que Marie n'était plus là, il lui paraissait plus facile de se détacher de sa mère.

- Avez-vous bien mesuré les risques attachés à une telle aventure ? J'entends dire que des tribus africaines se rebellent contre ce qu'elles estiment être une occupation de leur territoire. Ne risquez-vous pas des actes de rébellion, d'agressivité ? Je ne veux pas vous imaginer avec la tête coupée.

Et elle ajoutait un signe de croix.

- Ne craignez rien, je suis bien informé par mon journal, *LA CROIX*, que je reçois tous les jours ; il y a certes des actes de révolte de la part d'autochtones, mais cela ne va pas bien loin. Leurs sagaies conte nos canons, le combat est inégal. Et nos militaires ont le savoir-faire, il suffit de leur faire confiance, leur loyalisme envers notre empereur est le meilleur garant de leur réussite, et de notre tranquillité.

Désireux d'apaiser les tracas de son amie, il se pencha vers sa joue pour lui donner un baiser ; surprise, mais ravie, madame Saint-Cernin, se pressa plus fort contre la bouche du curé. Comme il amorçait un mouvement pour atteindre ses lèvres, elle détourna la tête en s'exclamant à voix basse : « allons, allons, revenons à notre sujet ». Mais elle le regretta aussitôt.

Chapitre 4

Dans le train, une idée avait commencé dès le départ à germer dans le cerveau de Gaubert. La perspective l'excitait de plus en plus, au point qu'il était pressé d'arriver. Sur les cartes, Marseille, où il devait embarquer pour le Sénégal, n'était pas bien éloignée de Toulon, qui était depuis peu le terminus de la ligne ferroviaire ; en consultant les horaires, il en eut la confirmation puisque le train reliait les deux villes en moins d'une heure. Une envie, qu'il estimait un peu folle mais qui prouverait à Marie la sincérité de ses sentiments, l'avait saisi aussitôt, de poursuivre le voyage jusqu'à Toulon pour tenter de la rencontrer ; il la convaincrait de revenir avec lui à Orgibet, et tout recommencerait comme avant. Il n'avait pas spon adresse précise, mais il se souvenait du nom du quartier, parce qu'Hélyette l'avait trouvé original. Une fois sur place, il verrait bien. Tant pis pour les bons sauvages à évangéliser, ils recevraient bien un de ses collègues tôt ou tard ; et puis cela, déjà, ne le concernait plus. Il rejoindrait le Sénégal avec quelques jours de retard, mais quelle importance ? On n'allait pas le refuser. Quant au compte à régler avec l'évêque, il avait un peu plus de temps pour y réfléchir et préparer une riposte plus vexante ; ce qui importait maintenant, c'était Marie, et elle seule. Tout devenait secondaire et dérisoire tant qu'il ne s'agissait pas de la jeune fille. Désormais, c'était avec elle, et pour elle, qu'il devait envisager son avenir. Il n'avait qu'un souci, qu'une hâte : la retrouver.

La retrouver pour la ramener. Le bruit régulier de roulement du train finissait par le bercer et son esprit vagabondait : il était maintenant certain qu'il ne pourrait se passer d'une femme à ses côtés, et cela pour toute la vie. Pour pouvoir vivre avec elle, il serait obligé de la faire passer pour sa gouvernante, ce qui n'était pas bien compliqué. Une fois que la gouvernante serait en place, ce qui se passerait entre les murs du presbytère demeurerait privé ; il tentait d'imaginer qui, parmi ses connaissances, pouvait tenir le rôle. La veuve de l'ancien boucher fut éliminée très vite : du poil au menton, l'air sinistre, toujours vêtue n'importe comment, elle n'était pas suffisamment représentative. La châtelaine du domaine des Quatre Vents était bien plus attirante, mais il se trouvait un peu intimidé devant la richesse qu'elle incarnait. Sans doute, son passé de fils d'ouvrier lui revenait pour le remettre à sa place. Cette différence de condition lui apparaissait comme une injustice fondamentale. Une femme mariée, alors ? Plus problématique : accepterait-elle de divorcer ? Sinon, Marcelle Duchemin, épouse d'un instituteur de l'école laïque, elle-même institutrice, et bien agréable à regarder, lui paraissait de nature à remplir le rôle. Et puis, marquer un point contre l'école laïque, voilà qui devenait amusant et même glorieux. Un acte que même l'évêque serait obligé de saluer. C'était en quelque sorte une prise de guerre. Mais il ne savait comment aborder cette femme, ce qui était d'autant plus difficile qu'elle ne venait jamais à la messe. Au bout d'un moment, il lui parut bien vain de se perdre en conjectures : la cible idéale, la seule accessible, était bien Marie.

Et il ne pouvait penser à elle sans émotion. Un obstacle toutefois : sa jeunesse. Elle n'était pas encore parvenue à l'âge canonique, celui à partir duquel l'Eglise estimant que la femme n'était plus fécondable, elle pouvait vivre sans danger sous le même toit qu'un prêtre, sans risque de dégât subséquent. Ce qui, pensait-il, correspondait bien au souci de l'Eglise : évitez de commettre des fautes, mais si vous en commettez malgré tout, faites en sorte qu'elles ne se voient pas.

Marie était encore loin d'avoir atteint l'âge canonique, et la transgression de cette règle pouvait être une raison de plus de se trouver en conflit avec l'évêque. Aucune importance, il avait déjà quelques raisons d'être en guerre avec celui-ci, cela ne changeait rien au fond. Mieux, il se sentait ragaillardi par cette nouvelle perspective d'indiscipline qui ne faisait que renforcer son désir d'affronter l'évêque et son pouvoir.

Quand, dans la rue, il demanda son chemin, certaines personnes parurent surprises, l'examinant des pieds à la tête. Un curé, en soutane s'il vous plaît, qui voulait se rendre au Chapeau Rouge ? Qui était cet olibrius ? Et que voulait-il ? On savait bien que quelques évêques fréquentaient parfois ces lieux, mais ils avaient la délicatesse de s'y rendre en civil. On disait même que l'un d'entre eux y avait laissé la vie, son cœur le lâchant dans les bras d'une pécheresse particulièrement dynamique.

Le communiqué diffusé alors par la hiérarchie avait bien amusé les mécréants : on y disait qu'il était mort « en épectase ».   Ils cherchèrent en vain ce mot dans le dictionnaire. Les plus narquois avaient leur hypothèse : une position propre au clergé, peut-être ? Que pouvait aller faire un curé dans ce lieu de perdition ? On se disait qu'il y allait peut-être pour tenter de sauver quelque âme égarée, et on lui répondait alors avec précision.

Quand il déboucha dans la traverse Lirette, il se demanda qui était cette sainte. C'est ainsi qu'il réagissait chaque fois qu'il rencontrait un prénom jusque-là inconnu de lui. Il se souvint alors qu'il avait entendu ce nom au cours d'un voyage à Nancy, et qu'il désignait un apéritif local. Une rue provençale portant un nom lorrain, c'était bien la preuve qu'ici on recevait tout le monde.

Il eut l'impression que son cœur faisait un tour complet dans sa poitrine quand la silhouette qui s'approchait, et qui, de loin, lui avait rappelé quelqu'un, se révéla être bien celle de Marie. Il se précipita vers elle, les bras ouverts.

- Ah, Marie, je suis content de te rencontrer.

- Moi aussi, fit-elle en essayant d'amorcer un sourire qui ne voulait pas venir. Mais que faites-vous ici ?

- Eh bien je suis en service commandé, c'est ta mère qui m'a demandé de venir te chercher.

- Ma mère ? Mais la dernière fois que je lui ai écrit, elle m'a répondu sèchement qu'elle ne me pardonnait pas d'être partie, et qu'elle ne voulait plus me voir ni même avoir de mes nouvelles. Alors, je ne lui écris plus, c'est bien plus simple.

- Oui, mais il faut que tu saches qu'elle est très malade, elle sait qu'elle n'en a plus pour longtemps, et je pense que Dieu l'a raisonnée. Si elle te réclame, c'est qu'elle est prête à te pardonner avant de mourir. D'ailleurs, quand je passe la voir, j'entends bien qu'elle répète ton prénom sans arrêt, sois charitable envers ta mère, et reviens avec moi. Tu ne peux pas abandonner ta mère au moment où elle a le plus besoin de toi. Ce n'est pas charitable et je sais que tu as le sens de la charité, de la bonté, Dieu t'en sera reconnaissant. Demain j'irai me renseigner sur les trains et nous partirons dès que possible.

Marie crut avoir trouvé une bonne raison pour refuser cette proposition :

-Je ne peux pas, je dois 80 francs à Suzanne, et il me faudra le temps de travailler pour la rembourser. Elle m'a déjà bien aidée, je ne veux pas la voler.

- Qu'à cela ne tienne, je vais te donner ces 80 francs.

Il sortit de sa bourse une liasse de billets sans compter, mais l'épaisseur attestait qu'il y avait là plus que nécessaire.

- Voilà, ce soir tu donneras 80 francs à Suzanne, tu garderas le surplus pour toi, et dès demain je viendrai te chercher, prépare ta valise.

Il passa la soirée à errer dans ce quartier qui lui paraissait vivre dans une atmosphère de plaisir. Par les portes ouvertes, il entendait monter le son lourd et guilleret d'un piano mécanique.

A certains endroits, on entendait des voix féminines s'interpellant dans un accent chantant d'une fenêtre à l'autre, et de plusieurs couloirs parvenaient des chants de marins repris en chœur. Ici, le seul souci semblait être de se tourner vers la gaieté et la fête. Il en voulait presque à Marie qu'il soupçonnait d'avoir choisi cette destination par insouciance.

Harassé, l'estomac retourné par les odeurs de friture sortant de toutes les fenêtres du rez-de-chaussée, il pressa le pas pour rejoindre sa chambre d'hôtel.

De loin, une alternance de lueurs rouges et jaunes, dans une rue qu'il allait emprunter, retint son attention. Il comprit en arrivant sur place, à la hauteur du « Concert

Parisien », une façade devant laquelle il était passé en journée sans même la remarquer. Un éclairage violent, jailli d'ampoules rouges ou jaunes s'allumant par alternance, inondait de grandes affiches annonçant : « Les danseuses nues des Folies Bergère ». On y voyait des créatures de rêve vêtues seulement d'étoiles disposées sur les pointes des seins ou le pubis. Une file d'attente était en cours de formation dans un joyeux désordre. Un groupe de jeunes hommes apparemment éméchés faisait mine de se bousculer pour passer devant les autres. L'un d'eux fit un écart brutal et Gaubert reçut son coude dans l'estomac. Il empoigna ce coude et fit chanceler l'individu. Puis, se tournant vers la file, il l'harangua :

- Misérables cloportes ! Arrêtez de vous vautrer dans la luxure ! Vous n'avez rien de mieux à faire que vous rouler dans la fange ! Vous êtes la lie de l'humanité ! Votre seule existence est une injure au Christ ! Honte à vous !

Deux gaillards s'extraient de la file. Il se sentit soulevé sous les épaules, et reçut une forte poussée qui l'envoya s'étaler trois mètres en avant sous les applaudissements et les rires.

Il se releva en frottant sa soutane salie par le contact avec le trottoir, et, la tête droite autant que le permettait sa nuque douloureuse, il lança : « pauvres ignorants ! » avant de reprendre son chemin sous les quolibets.

Il rejoignit son hôtel sans même remarquer les rues où il passait, son esprit tout entier occupé par le retour prochain à Orgibet avec Marie.

Cette seule perspective lui faisait oublier l'humiliation qu'il venait de subir

Chapitre 5

Le vieux Gormier avait trouvé un moyen d'améliorer ses ressources. Il attendait à la sortie de la gare de Saint-Girons, à chaque arrivée de train. Personne ne le lui avait demandé, mais il avait de lui-même inventé ce service de transport pour les gens d'Orgibet, mais aussi ceux des villages environnants. Le confort de son char à bancs, tiré par deux chevaux, était rudimentaire, mais tout le monde appréciait ce moyen de déplacement qui permettait de rejoindre son domicile autrement qu'en marchant tout en portant des valises. On était reconnaissant à Gormier d'avoir ainsi développé une activité qui compensait la carence des pouvoirs publics. L'hiver, il tendait au-dessus de son char une toile goudronnée qui protégeait de la pluie. D'année en année son parcours s'étendait au point qu'on ne voyait pas comment on aurait pu se passer de son service. Petit à petit, il avait étendu son rayon d'action jusqu'à Auzarein et Augirein. Il était devenu pour tout le secteur une figure incontournable. Un petit entrepreneur local de transports, qui avait un temps envisagé de pratiquer la même activité à cet endroit, avait fini par renoncer à lui faire concurrence. Et puis, personne n'aurait osé défier Gormier dans son domaine : sa jambe de bois, souvenir de la manœuvre désordonnée d'une charrette, plaidait pour lui. Quand il s'arrêtait dans les villages pour charger ou décharger des passagers, les enfants se précipitaient pour caresser les chevaux. Comme il avait intérêt à se tenir informé de toutes les arrivées et départs de trains, il n'était pas rare qu'on le consultât sur les horaires. Il était vite devenu un homme précieux. On le payait comme on voulait : en argent sans qu'un tarif ait été établi, un poulet, un fromage, un jambon, un flacon d'armagnac ou d'hypocras, chacun s'acquittait comme il l'entendait et Gormier s'en satisfaisait toujours. Les jeunes conscrits, eux, ne payaient pas. Gormier, un ancien combattant qui fixait un drapeau tricolore sur son char le 14 juillet, entendait participer à sa manière à l'effort national pour la défense.

Quand ils descendirent du char, Gaubert, qui n'avait qu'un petit bagage, prit la valise de Marie. Il restait environ encore cinq cents mètres à parcourir à pied pour rejoindre la maison Saint-Cernin.

En haut de la côte, dernier tronçon du chemin avant la maison, la statue du Commandeur les regardait arriver. Immobile, pieds écartés, les mains sur les hanches, Hélyette ouvrit les hostilités :

- Qu'est-ce qu'elle fait là, celle-là ? Monsieur le curé, vous me ramenez une traînée ! Ce n'est plus ma fille, je ne veux plus la connaître.

Marie comprit alors qu'elle avait été trompée par Gaubert quand il lui parlait de « mère malade », « prête à pardonner », et s'en voulut de l'avoir cru. Pour une malade, sa mère avait la puissance d'une tornade, et rien ne paraissait en mesure de l'arrêter. On voyait bien que la bourrasque ne se calmerait pas de sitôt. Marie se posait des questions : sa mère savait-elle dans quel genre de maison elle était hébergée ? Peu probable, car elle ne voyait personne dans son entourage pouvant établir le lien entre Toulon et Orgibet.

Rouge de colère, madame Saint-Cernin se précipita vers Gaubert, lui arrachant la valise des mains, et elle la laissa tomber aux pieds de Marie. Stupéfait, le curé avait du mal à revoir en elle la calme et fragile Hélyette qui, quelques jours plus tôt, s'inquiétait de son départ en Afrique. En même temps, il voyait son projet de vivre avec Marie sérieusement compromis, et commençait à en vouloir à sa paroissienne.

Celle-ci poursuivait don éruption volcanique.

- Toi, tu reprends ta valise, et tu repars d'où tu viens ! Je ne veux plus te voir ici !

Depuis plusieurs heures déjà, durant le voyage, l'idée de revenir à Toulon germait par instants dans la tête de Marie. Quand elle faisait la balance des avantages et des inconvénients entre revenir à Orgibet ou rester à Toulon, la deuxième solution lui paraissait plus facile à vivre.

Sans rien dire, récupérant la valise, elle reprit la direction de l'auberge des Pyrénées où Gormier avait coutume de s'arrêter quand il se rendait à la gare.

Après quelques pas, elle se retourna, puis, droite, la tête haute, elle revint vers eux. La voix ferme, elle hurla plus qu'elle ne parla :

- Moi non plus, je ne veux plus vous voir, ni l'un, ni l'autre. Et, monsieur le curé, cette fois ce ne sera pas la peine de venir me chercher ! Vous vous êtes bien moqué de moi, mais c'est fini ! À Toulon, j'ai trouvé des gens qui m'aiment. Ma famille est là-bas, mes amis aussi, je ne remettrai plus les pieds ici.

Madame Saint-Cernin, après avoir tenté de se retenir, laissa échapper quelques sanglots. Gaubert lui tendit alors le bras, et elle s'y appuya pour reprendre la marche pendant que Marie adoptait un mouvement aussi rapide que le permettait le poids de la valise en direction de l'auberge des Pyrénées.

- C'est une pénible épreuve, chère Hélyette. Le Seigneur soumet parfois ses sujets à des épreuves qu'ils ne comprennent pas toujours. Mais il observe comment ils les affrontent. N'ayez crainte, je vous aiderai à surmonter cette difficulté. Vous savez que je suis toujours disposé à vous apporter mon aide, je ne faillirai pas. Vous savez que je ne suis pas seulement votre pasteur, je suis surtout votre ami. Avec l'aide de Dieu, je vous soutiendrai pour faire face à l'épreuve. Et je m'engage à tout faire pour ramener votre fille ici.

- Mais, si vous partez au Sénégal ?

- Rien n'est fait, mon amie, rien n'est encore fait, chaque chose en son temps, laissons courir les événements et la volonté divine. Ne cherchons pas à régler les problèmes avant qu'ils n'existent. Nous verrons bien, en temps voulu, ce que nous pourrons faire. Je vous le promets.

Chapitre 6

Une traversée du désert de trois semaines ; trois semaines pendant lesquelles il a erré dans son presbytère, sans but précis, avec une pensée unique : retrouver Marie. Il lui est arrivé souvent de tirer de sa bibliothèque un ouvrage qu'il n'avait pas encore lu, puis, au bout de quelques pages, l'esprit ailleurs, de le refermer pour mieux penser à Marie. Les visites régulières auprès de sa mère n'ont fait que nourrir son désarroi : où s'est-il trompé pour en arriver là. ? Pourtant, madame Saint-Cernin s'efforce de se montrer chaleureuse, et il en arrive à espérer qu'il pourra bientôt partager son lit. Mais ce n'est pas sa fille, elle n'a pas le même goût de fruit vert. Ainsi, les jours succédaient aux jours, la vie s'écoulait tristement, sans perspective, sans espoir de retrouver Marie, dans une sorte d'abandon, comme s'il se trouvait les pieds pris dans la glaise d'un chemin qui aboutissait nulle part. Il finit par s'aviser qu'il lui faudrait chercher un dérivatif. C'était l'époque des élections cantonales. Il suivait de loin l'activité du conseiller sortant, Octave Tuphème ; qui allait se représenter. Celui-ci, au cours de ses tournées, arrivait toujours accompagné d'une secrétaire les bras chargés de dossiers. Il se dit alors qu'une carrière politique était une opportunité pour faire pénétrer Dieu dans chaque famille et, quand il partirait en tournée comme Truphème, il pourrait emmener Marie avec lui en tant que secrétaire, et personne n'y verrait malice. Il alla donc voir le sortant un soir que celui-ci tenait une permanence à la mairie, et lui proposa son soutien. L'homme le reçut chaleureusement.

- Vous êtes comme moi un relais dans l'opinion. Vous êtes celui de Dieu, je suis celui de l'Empereur. Nous pouvons conjuguer nos actions pour édifier le peuple.

Malheureusement, votre proposition arrive un peu tard car les listes sont closes. Toutefois, si vous le voulez bien, je vais vous laisser les adresses de deux ou trois candidats amis. Vous iriez assister à leurs réunions publiques au cours desquelles vous prendriez la parole pour les soutenir. Je pense que votre voix sera utilement écoutée.

Puis il lui tendit le billet qu'il avait rédigé tout en parlant.

Rentré chez lui, Gaubert pensa que ce n'était pas encore le début d'une carrière politique. Il lui faudrait encore bien du temps avant qu'il courre les chemins avec sa secrétaire. Il se sentit alors saisi par une vague de langueur oisive et un sentiment d'inutilité.

La lassitude l'ayant poussé à s'affaler sur le canapé, une fois de plus il passa en revue dans sa tête les jeunes filles de sa connaissance, ou les femmes auxquelles il pensait déjà dans le train, lors de son voyage vers Toulon. Peine perdue : aucune n'a la même allure volontaire, les mêmes sourcils joliment arqués, le même sourire, et le même corps de déesse égyptienne. Il en a assez de cette situation stérile, il a le sentiment de perdre du temps. Tous ces jours passés sans Marie ne reviendront pas. Quant à la vie dans l'au-delà, c'est une fable aimable qu'on lui demande d'enseigner, mais il ne peut jurer de rien. C'est décidé : pour mettre fin à cette situation stérile, il partira bientôt la rejoindre. Il saura convaincre Marie de revenir. Sinon, il l'obligera à le suivre ; la vie terrestre est bien courte, et si on n'accomplit pas immédiatement les actes auxquels on tient vraiment, il sera peut-être trop tard pour les accomplir quand les circonstances s'y prêteront mieux. Ce n'est pas cette gamine qui va lui imposer sa conduite. Il est décidé, rien ne l'arrêtera. Cette fois, il saura la dompter, par la force si nécessaire.

Il a cru à une éclaircie possible le jour où Sylviane Cardot est venue pour une consultation. Etudiante à Toulouse, fille de paysans installés à la sortie du village, Sylviane ne rentrait chez ses parents que pour les fins de semaine ou les vacances. Elle avait fait un faux mouvement en descendant un escalier et souffrait d'une entorse au genou.

L'ayant fait s'allonger sur le lit d'examen, il remonta sa jupe, découvrant une cuisse blanche dont la vue lui ranima des souvenirs émouvants. Il palpa doucement le genou malade, provoquant chez Sylviane des petits gémissements qui l'attendrirent. Puis il massa lentement la cuisse, comme il le faisait d'ordinaire avec Marie. Surpris, il interrompit son mouvement en découvrant une fine mèche de poils bruns qui dépassait de sa culotte. Un élan irrésistible le poussa à en voir plus.

D'un geste vif, il fit descendre la culotte, et resta interdit devant le spectacle imprévu : tout le bassin de Sylviane était couvert d'un pelage dense et frisé qui le fascinait ; on eut dit qu'elle portait une culotte de fourrure. Il avait du mal à croire à ce qu'il voyait. Une envie brusque le poussa alors ; il plongea sa main, et par un mouvement de gauche à droite, il se mit à chercher la fente sublime ; la patiente eut un petit sursaut de recul.

- Mais, c'est mon genou qui a mal, protesta-t-elle.

- Je le sais bien, mais je dois t'expliquer que notre corps est parcouru par des centaines de nerfs qui aboutissent tous dans le ventre. On obtient souvent de bons résultats en intervenant sur les terminaisons nerveuses.

- Je n'ai pas appris ça dans les cours de sciences naturelles. Est-ce que vous avez étudié le corps humain au séminaire ?

- Pas du tout, ce que je sais de la médecine, je l'ai appris de moi-même, par les livres. L'enseignement de l'Eglise dédaigne le corps humain, on peut se demander pourquoi. C'est une lacune incompréhensible.

Tout en parlant, il avait rencontré la fente souhaitée ; mais Sylviane semblant gagnée par une certaine crainte, il pensa qu'il valait mieux ne pas aller trop vite, ne pas l'affoler, ce qui aurait pu gâcher la possibilité d'une deuxième séance, puis de bien d'autres, et cessa ses investigations.

Il ne voulait pas ignorer cette beauté. Comme il savait qu'elle participait à un groupe d'amateurs de peinture, il l'interrogea sur les activités de son club, et lui promit de se rendre à une exposition dont elle avait la charge.

Il pensait que c'était un moyen de maintenir le contact, et il se voyait même s'intégrant à l'équipe.

- Vous pourriez même donner des cours de dessin aux enfants du catéchisme ?

Elle ne dit pas non, mais fit remarquer qu'elle n'était pas présente en permanence au village.

Il se souvint alors qu'elle lui avait dit participer à une chorale des étudiants, et il tenta une dernière cartouche :

- Puisque vous êtes mélomane, j'ai souvent pensé que notre village aurait besoin d'une chorale. Pourquoi ne pas la monter ? Vous pourriez vous en occuper ?

- Je crains que non, tout simplement pour la même raison, je ne suis pas assez souvent ici.

- Nous en reparlerions, mais si vous vous décidiez à franchir le pas, je pourrais vous aider à trouver des membres. Il suffirait que je lance des appels pendant la messe du dimanche, et je suis sûr que nous aurions du succès.

Ces deux échecs successifs confirmaient à Gaubert que, décidément, en-dehors de Marie, point de salut. Il était maintenant résolu : dès demain il reprendrait le train et la ramènerait, en la tirant par les cheveux s'il le fallait.

Quand elle l'a vu arriver, Suzanne Valton n'a pas été surprise :

- Vous cherchez encore Marie ? Mais, vous comprenez, quand elle est partie, j'ai été obligée de lui trouver une remplaçante. Quand il y a de la demande, dans le commerce, on est bien obligé de s'adapter. Sinon, vous perdez les clients et ils ne reviennent pas. Aussi, quand elle est revenue, j'étais bien embêtée parce que c'est mon amie, mais je n'ai pas pu la reprendre. Je lui ai trouvé une place chez les époux Chaveney, au 9, rue des Remparts ; il y avait aussi une possibilité dans un établissement de la rue Gavageau, mais je me suis dit que ce n'était pas assez élégant pour elle. J'ai pensé que Marie méritait mieux que la rue Gavageau...

Chez Chaveney, l'établissement, c'est la Fleur Bleue ; une belle clientèle de gens riches, des avocats, des médecins, et je crois même le maire de la ville. Et puis, une excellente réputation. Voyez, je l'ai bien soignée… C'est facile à trouver. Vous allez jusqu'à….

Gaubert n'avait pas besoin d'attendre la fin de l'explication. Il était déjà dehors ; il avait maintenant le sentiment de connaître un peu le quartier et s'y sentait suffisamment chez lui pour parvenir à l'adresse. Il était capable de retrouver facilement la Fleur Bleue .

Il retourna d'abord vers les quais, car il avait, lors du précédent séjour, repéré la vitrine de Séguran, un armurier bien connu des chasseurs, des apaches locaux, et des amateurs d'armes diverses. Il y entra. Un homme d'âge bien mûr, assis au fond du magasin, se leva pour venir à sa rencontre.

- À votre service, monsieur le curé.

- Je voudrais un pistolet, non, deux, mais je ne connais rien aux armes, je compte sur vos explications.

- Je viens de recevoir du très bon matériel, d'origine suisse, au maniement facile . Je peux vous le montrer.

- Montrez -donc.

- Tout de suite, mais si je peux me permettre, c'est une arme faite pour tuer, ce n'est pas un jouet.

- Mais je ne veux pas un jouet.

- C'est-à-dire que je vois à votre soutane quelle est votre fonction. Quand on professe comme vous le commandement « tu ne tueras point », vous ne m'en voudrez pas d'être un peu surpris, je le répète, c'est une arme faite pour tuer.

- Alors, là, je vous rassure tout de suite. Je suis invité par un ami qui possède un grand terrain au pied du mont Faron, et qui organise des séances d'entraînement au tir. Il veut m'initier, et nous ne tuerons que des boîtes de conserves vides ou de vieilles bouteilles. Cela, Dieu ne l'interdit pas. D'ailleurs, l'endroit n'est peuplé que de grands pins et de roches. Parfois, un lapin audacieux se risque hors de son terrier, mais si nous le tuons, ce sera pour le manger ensemble, C'est bien innocent, et si nous en arrivons là, je vous promets de vous inviter.;

- Là, je comprends mieux. Dommage pour le lapin, mais je note votre invitation. Mais, excusez-moi, j'ai bien entendu que vous vouiez deux armes ? Si je peux me permettre, pour de l'entraînement une seule arme peut suffire. Vous n'aurez jamais l'occasion d'en utiliser deux en même temps.

- C'est que je dois vous avouer que je suis un incorrigible désordonné. Il m'arrivera de ne plus savoir, au moment de partir, où j'ai rangé mon arme. Je prévois donc d'en laisser une en permanence sur le lieu d'entraînement, ainsi je ne serai pas pris au dépourvu.

- Je comprends bien, et puis on dit que le client est roi, n'est-ce pas ? Je ne vais pas me plaindre si vous m'achetez plus de matériel qu'il ne vous en faut. Vous êtes mieux placé que quiconque pour savoir ce qui vous sera utile. Je vais vous expliquer le fonctionnement. A moins que vous connaissiez ?

- Comme vous l'avez remarqué, du fait de ma fonction, je n'ai jamais utilisé ce matériel. J'ai tout à apprendre.

- Bien, alors je vais vous dire comment on s'en sert.

Quand le vendeur lui eut expliqué la mise en place du chargeur, il rangea les pistolets dans ses poches et prit la direction de la rue des Remparts.

En débouchant dans la rue, il retrouva l'enseigne qu'il avait déjà repérée lors de son premier séjour : un panonceau carré au fond blanc se balançait mollement au gré du vent. Il portait en son centre une fleur bleue aux larges pétales et était éclairé par en-dessous grâce à une ampoule puissante. « Ici, on se veut moderne », pensa-t-il. Son but n'était pas de rencontrer Marie tout de suite. Il voulait d'abord la voir évoluer dans son milieu quotidien, et son souci était facilité car le côté de la rue où il se trouvait présentait des arcades sur de gros piliers permettant de se cacher pour observer le bâtiment et les allées et venues. Il s'arrêta, observant le trottoir d'en face. Le panonceau à la fleur bleue, « peut-être une pensée », se dit-il, suivait les caprices du vent en grinçant légèrement. Un groupe de jeunes femmes était en train de bavarder sur le trottoir. Il en jaillissait quelques éclats de rire. Cela lui fit l'effet d'une volière joyeuse et il en voulut encore à Marie d'avoir choisi cette vie d'insouciance. Selon toute évidence, du fait de leur tenue, il ne s'agissait pas d'ouvrières, de vendeuses du marché, ou de ménagères échangeant des recettes. Au demeurant, l'une quitta le groupe, pénétra au 9, puis en ressortit peu après. Il pensa qu'il se livrait à à ue opération d'espion et se sentit un peu honteux.

Ce qu'il espérait, voir Marie entrer ou sortir de cet immeuble, ne se produisait pas, et il perdit patience. Devait-il chercher un prétexte pour se rendre à l'intérieur ? Immédiatement, aucun prétexte ne lui vint à l'esprit. De plus, il n'avait pas l'assurance qu'il y verrait Marie. Après tout, il avait, par deux fois, effectué tous ces kilomètres en chemin de fer, il n'allait pas renoncer bêtement, il lui fallait obtenir un résultat. N'y tenant plus, il traversa la rue et s'adressa directement à la fille qui, un peu plus tôt, était entrée puis ressortie par la porte du 9.

- Excusez-moi, je suis le cousin de Marie, est-ce qu'elle est là ?

- Ah, monsieur le curé, elle a un joli cousin, la veinarde. Moi, c'est Salomé, la chambre de Marie est juste en face de la mienne, et je l'ai vue sortir. C'est l'heure où elle va faire ses courses. Vous voulez monter un petit moment ? Nous l'attendrons ensemble, c'est ma copine.

Quand ils quittèrent le groupe, il entendit une voix éraillée de femme qui invectivait sa collègue ! « Hé, Salomé, vérifie si ces hommes qui portent une robe sont faits comme les autres dessous la robe ; tu nous diras ». Une autre voix ajouta : « Tu nous feras un dessin, » ce qui déclencha une avalanche de rires gras.

Dans l'escalier où Salomé le précédait, Gaubert, bien qu'indisposé par ce qu'il venait d'entendre, ne pouvait détacher son regard des deux jambes joliment galbées, et il pensa alors à celles de Marie quand elle était étendue sur le canapé de son presbytère. Ces jambes qu'il espérait retrouver très vite pour les caresser à nouveau. Il se demanda aussi si, en haut de ces jambes, il existait la même pilosité abondante que celle qu'il avait découverte sur le corps de Sylviane.

La porte de la chambre portait une étiquette rose en carton mentionnant le prénom de Salomé, ce qui l'amena à jeter un coup d'œil sur la porte d'en face, et il constata qu'on y trouvait bien le prénom de Marie. Les étiquettes étaient bordées d'une frise à l'aquarelle représentant un assortiment de fleurs. « Sûrement un peintre famélique qui a payé de cette façon son passage dans la maison », pensa-t-il. Il prit la présence de cette étiquette pour un indice inquiétant : elle attestait que Marie était vraiment bien installée ici, qu'elle faisait partie du décor, et que l'arracher à cet univers serait encore plus difficile.

Quand ils pénétrèrent dans la chambre de Salomé, Gaubert fut surpris par une forte odeur de parfum à bon marché. Il se sentit bien présomptueux de douter de la qualité du parfum : Dieu lui enseignait d'être aux côtés des modestes, et les modestes ne pouvaient s'offrir un parfum onéreux. La literie, les rideaux, bien qu'il n'eut aucune notion de la valeur des tissus, lui semblèrent plutôt luxueux. Accroché au mur, un grand portrait montrait un militaire gradé en tenue d'apparat.

- C'est mon père, quand il était mobilisé. D'ailleurs, il est mort à la guerre. Avec son portrait, c'est comme s'il était encore avec moi.

Il se sentit touché par cette affection reconnaissante. Debout dans un coin, Salomé commençait à déboutonner son chemisier. Elle procédait lentement, comme si elle manifestait un certain relâchement routinier, et il se dit qu'il n'était là que comme un client ordinaire. Il en eut la confirmation aussitôt :

- Il va bien falloir s'occuper en l'attendant, et puisque tu es le cousin de ma copine, pour toi ce sera le prix que tu veux. Ne t'inquiète pas, on l'entendra ouvrir sa porte, on ne va pas la rater ; au fait, je ne connais pas ton prénom, et toi tu connais le mien. C'est quoi ?

- Tu as le choix : Jean, Justin, Gustave, Polidor, à toi de voir

- Moi, je préfère Justin, c'est mignon, comme toi.

Il trouva sa réflexion amusante : il n'avait jamais soupçonné qu'on put le trouver « mignon ».

Il ouvrit le tiroir de la table de nuit et y déposa un flacon.

- Qu'est-ce que c'est ? hasarda Salomé

- Surtout, n'y touche pas, c'est du phosphore, un poison.

Les yeux de Salomé s'écarquillèrent.

- Vous n'allez pas empoisonner Marie ? Ou t'empoisonner, toi ? C'est affreux.

Dans son trouble, elle ne savait plus si elle le tutoyait ou si elle le vouvoyait. Gaubert avait bien perçu cette défaillance qu'il mit sur le compte du trouble ressenti par une fille de joie devant l'autorité incarnée par un curé.

- Ne t'inquiète pas, je l'ai pris avec moi à tout hasard, mais je ne crois pas que je m'en servirai. Si les choses se passent bien, je n'en aurai pas besoin.

Profitant de la stupéfaction de la fille, il sortit subrepticement de ses poches les deux pistolets et il les glissa dans le même tiroir. Pétrifiée, Salomé n'osait plus rien dire.

Elle était maintenant entièrement nue et le curé fut un peu déçu car il espérait retrouver une pilosité proche de celle de Sylviane.

- Tu n'es pas beaucoup poilue, lui dit-il.

Elle eut un geste d'agacement.

- Toi, alors, d'habitude les hommes n'aiment pas trop les poils, certains me conseillent de me raser.

- N'en fais rien, les poils, c'est la nature telle que Dieu l'a voulue, il est stupide de vouloir aller contre la nature, contre la Création, je ne vois pas pourquoi il faudrait les supprimer, et puis c'est plus doux à caresser

Salomé demeurait bouche bée car elle n'avait jamais soupçonné le rôle de Dieu dans son système pileux.

À peine venait-elle de s'allonger sur le lit, Gaubert ayant fait en hâte, à tout hasard, un signe de croix dans sa tête, qu'on entendit le claquement sec de la serrure de l'autre côté du couloir.

- Ah ! zut, soupira Salomé, pour une fois que je me faisais un curé ! Je voulais épater mes copines, c'est fichu.

Il se leva d'un bond et jaillit dans le couloir. Marie s'était figée et se tenait sur ses gardes.

Elle parlait aussi haut que le jour où elle avait annoncé son départ définitif à sa mère...

- Non, cette fois je ne vous suivrai pas. Je ne retournerai pas à Orgibet, ce n'est pas la peine de me raconter des mensonges. Ma mère n'est pas malade et elle ne veut plus me voir. Tout ça, vous l'avez inventé ! Jamais plus je ne croirai à vos mensonges ! Sale menteur !

Indisposé par quelques pensionnaires qui, ayant entendu des éclats de voix, se massaient, accompagnées de leurs clients, dans le couloir pour ne rien manquer du spectacle, Gaubert poussa Marie vers sa chambre.

- Viens, nous allons en discuter tranquillement.

L'aspect de la chambre était semblable à celui qu'il venait de voir chez Salomé. Mêmes tissus, mêmes meubles rudimentaires, l'hôtel de la Fleur Bleue n'était pas plus un palace que celui de Suzanne Valton.

Mais ce n'était pas le moment de s'attarder dans l'examen des lieux. Il sentit une légère gêne teintée de jalousie à l'idée que c'était là qu'elle assouvissait les caprices des inconnus.

N'ayant pas réfréné sa colère, Marie demeurait debout, face à lui. Il la jeta sur le lit et tenta de défaire sa jupe.

- Ne fais pas la tête de mule, suis-moi à Orgibet, et tout recommencera comme avant. Tu reviendras me voir au presbytère et tu oublieras tout ça. Ensuite, je t'embaucherai comme gouvernante et nous ferons ce que nous voudrons. Tu sais que je peux te faire du bien. Nous serons ensemble tous les jours et personne ne pourra nous séparer. Nous aurons toute la vie pour nous. Nous serons comme mari et femme.

- Vous savez bien que ce n'est pas possible. L'évêque ne vous laissera pas faire.

- L'évêque, je m'en moque. Il ne compte pas. Il dira et il fera ce qu'il voudra, je m'en moque. Je n'ai rien à faire de son avis ou de sa permission. Il ne sait même pas ce qu'est une femme, comme s'il n'en avait jamais vu. Toi seule, tu comptes. Je ne m'occupe pas plus de l'évêque que du prince de Bujumbura.

Tout en parlant, il commençait à la caresser à la jonction des cuisses.

Elle se redressa d'un coup et lui asséna une gifle sonore.

- Non, je ne reviendrai pas, vous vous êtes moqué de moi, menteur, sale menteur !

Dans le couloir, quelqu'un, sans doute alarmé par les éclats de voix, avait cru utile de frapper à la porte, comme pour indiquer aux occupants qu'il pouvait intervenir en cas de besoin. Ce que Marie prit pour un encouragement, et qui l'amena à hurler un peu plus fort dans l'espoir que quelqu'un se déciderait enfin à pousser la porte. En deux bonds, le curé retourna dans la chambre de Salomé et revint en arborant les pistolets bien en évidence, qu'il posa sur la table de nuit.

Ses cris s'amplifiant, Gaubert, les yeux hagards, récupéra les deux pistolets qu'il lui montra ostensiblement, un dans chaque main, sans parler. Et

Marie, réellement apeurée, appela une nouvelle fois au secours.

Un homme, en tremblant, ouvrit la porte. Découvrant les pistolets, il se retirait aussitôt. Le curé, les yeux injectés de sang, partait derrière lui dans le couloir. Pour impressionner le curieux, il tirait une balle en l'air, puis une autre devant lui sans viser, ce qui fit refluer les badauds dans les chambres.

Pendant ce temps, Marie cherchait son salut dans la fuite. Elle escalada les escaliers conduisant à l'étage supérieur car elle avait remarqué qu'on y trouvait des vasistas donnant sur la rue. Elle était en train de tenter d'activer une fermeture qui lui résistait quand Gaubert surgit et tira une balle dans sa direction. Comme son bras était agité par un mouvement nerveux, il ne l'atteignit pas et la balle alla se loger dans le bois qui encadrait l'ouverture. Le curé était pris d'une sorte de frénésie indomptable, faisant feu dans tous les sens. La plupart des balles ricochaient sur les murs.

- Marie, au nom de Dieu, sois raisonnable ! hurlait Gaubert, mais elle restait sourde à ses imprécations.

Dans les couloirs, on entendait les portes se refermer une à une. On aurait pu croire que l'établissement se préparait à supporter un siège.

Une détonation en appelait une autre, il ne visait personne, son seul souci étant d'appuyer sur la détente sans relâche. Il était comme grisé par le vacarme, au bruit sec de l'explosion succédait le son étouffé de la balle se fichant dans le mur. Alertés par un client, les sergents de ville du poste de police opportunément établi depuis toujours en bordure du quartier du Chapeau Rouge, surgissaient et cherchaient comment décourager le forcené. L'un des policiers s'effondra sur une chaise, l'air accablé : « ah, ça, alors ! C'est vraiment un curé ? Moi, je dirais que c'est le diable. Il est complètement fou, ce type. Ici, on en a déjà vu de toutes les sortes, mais ça, jamais !».

Trois de ses collègues sautaient sur l'excité, le désarmaient et le ceinturaient avec peine pour l'immobiliser. Deux s'agrippaient à ses épaules en espérant le bloquer...

Comme anéanti par sa folie, on voyait le curé se tasser sur lui-même en soufflant comme un taureau au combat, puis d'un geste sec il écartait les bras, ce qui ralentissait un peu le rythme de' la fusillade, puis se tassait à nouveau dans une sorte d'épuisement.

Jaillie au milieu de la confusion, Salomé, parvenant à se faire entendre, signala qu'elle avait vu le curé porter à sa bouche un flacon qu'on voyait encore par terre. Un sergent de ville s'en empara, le respira et conclut à du phosphore. On emmenait alors Gaubert à l'hôpital pour un lavage d'estomac. Il ne s'agissait pas de le laisser échapper à la justice, et c'était le seul moyen pour retrouver un peu de calme. Sur le trottoir, un attroupement se formait, les passants intrigués par le vacarme régnant à l'intérieur, où se mêlaient les explosions et les coups de sifflets des sergents de ville, ne pouvant manquer de chercher à savoir ce qui se déroulait d'aussi extraordinaire dans les murs de la Fleur Bleue, habituellement bien plus discrets.

La mère Chaveney, trouvant là une occasion inespérée de faire parler de son établissement, en profita pour appeler un habitué, qui était reporter au *PETIT VAR*, journal que son orientation radicale-socialiste poussait généralement à bouffer du curé, et c'est ainsi que la scène extraordinaire occupa toutes les conversations de la ville pendant plusieurs jours. « Un curé mitrailleur », se gaussait un humoriste du journal. Dans la presse de droite, on était plus discrets, plutôt gênés, et on évoquait, aussi vaguement que possible, « un acte criminel incompréhensible dans un hôtel accueillant de la basse-ville, acte qui ne pouvait avoir été accompli que dans un moment de folie inexplicable ».

Après le déluge, quatre sergents de ville emmenaient le forcené en lieu sûr. Le regard perdu dans le lointain, la bave aux lèvres, Gaubert, qui n'avait plus rien à dire, pensait peut-être au havre de paix représenté dans sa mémoire par la tonnelle d'Hélyette, et la saveur d'un verre d'hypocras lui revenait au palais.

Et déjà il tentait d'imaginer une parade. Depuis quelques heures, une idée prenait naissance, s'étoffait jusqu'à devenir omniprésente. Au Chapeau Rouge, il avait vu toutes ces filles parquées comme si elles étaient la honte de la société. Il pourrait tenter de les ramener à la lumière, organisant des messes pour leur salut. Après tout, elles n'avaient pas fait pire que Marie-Madeleine, et peut-être que la considération qu'elles vouaient à des hommes à la dérive n'était qu'une sorte de charité... S'il proposait au juge de dire des messes en leur faveur, s'il s'engageait à les confesser toutes, une par une, pour les ramener dans ce que la bonne société estimait être le droit chemin, peut-être les jurés se montreraient-ils magnanimes et compréhensifs. Parfois, il voyait même plus loin : une fois ces dames réhabilitées, il les réunirait dans une sorte d'hospice où, vouées à combattre la misère, elles prépareraient des repas gratuits à l'intention des miséreux de la ville. L'acquisition de nourriture se ferait en démarchant les commerçants, tâche à laquelle il se consacrerait lui-même, en se manifestant auprès des donateurs éventuels. Sa soutane pouvait lui ouvrir bien des portes. Petit à petit, il se forgerait une image de bienfaiteur qui l'amènerait à une sorte de sainteté. Pour réussir, il lui était indispensable d'avoir l'esprit libéré de tout tourment, ce qui signifiait que la présence de Marie à son côté était la condition première. Il y réfléchirait dès ce soir sur son grabat, il devait encore peaufiner ce projet avant d'en parler au juge d'instruction ; celui-ci, qui était un peu retors comme on doit l'être dans cette fonction, essaierait de trouver une faille pour démontrer que son initiative était sans intérêt ou qu'elle n'était motivée que par le souci d'alléger la sanction. Il fallait lui présenter les choses de façon incontestable, éliminer les points sur lesquels on aurait pu démolir ses arguments. Un délai supplémentaire de réflexion était nécessaire, il allait le mettre à profit.

Il ressentit une certaine allégresse en pensant que cette initiative pourrait lui faire gagner des points, et se promit d'y réfléchir très soigneusement dès ce soir pour en parler au juge dès leur prochaine rencontre. Déjà, des bribes d'arguments lui venaient à l'esprit.

La nuit son projet se développait, prenait forme et devenait grandiose : ces filles repêchées du caniveau monteraient une organisation pour assister les malheureux, géreraient un hospice où les miséreux recevraient les soins nécessaires à leur santé, on y veillerait à leur alimentation et à leur bien-être. Il serait le chef d'orchestre de cette symphonie, les élus du peuple le citeraient en exemple dans les discours officiels. Il trouverait leur nourriture en démarchant lui-même les commerçants, sa soutane lui ouvrant les portes. Peut-être, un jour, un admirateur proposerait sa béatification, mais il chassait vite cette hypothèse de son esprit ; tant d'honneurs ne l'intéressait pas, il voulait seulement se démontrer à lui-même qu'il menait un beau combat, en-dehors de la machine complexe qu'était son Eglise.

Tant de générosité glorieuse à venir le plongea dans le sommeil alors qu'il se trouvait en pleine marche vers la sainteté.

Les jours suivants, les grands journaux de la capitale envoyèrent des reporters et, durant une semaine, le quartier du Chapeau Rouge confirma son caractère de centre du monde.

Dès l'affaire connue, au fond de leurs fauteuils de cuir, les patrons des lupanars du quartier se frottaient les mains en entendant dans leur tête le cliquetis aimable des pièces tombant dans le tiroir-caisse.

Chapitre 7

- Tout de même, c'est un curé. Il faut être attentif à ce qu'il demande, avait suggéré le chef Antoli à son subordonné. On ne peut pas le traiter comme un vulgaire apache de la basse-ville, s'il demande du papier à lettres, tu vas le lui apporter.

Fergaud, vieil athée, avait grommelé : « et puis quoi encore ? Il ne veut pas qu'on lui cire ses godasses, non plus ? »

Mais, en vieux fonctionnaire consciencieux, il s'était mis en quatre pour trouver aussitôt un bloc de papier, une plume et des enveloppes avec le souci de ne pas faire attendre inutilement le représentant du ciel. Surtout, il ne voulait pas qu'on pût le soupçonner de faire passer son athéisme avant les obligations de son métier.

Il était rentré triomphal en s'adressant à Antoli :

- Voilà, chef, monsieur est servi, s'il veut écrire ses mémoires pour raconter ses exploits, je lui ai pris tout ce qu'il faut.

Devant sa table, Gaubert réfléchit un moment, s'interrogeant sur la meilleure façon d'argumenter, puis se signa ostensiblement. Depuis sa capture, il multipliait les signes de croix, comme pour rappeler qu'il n'était pas n'importe quel justiciable, et qu'on lui devait du respect. Il consentait à respecter la justice des hommes, on devait avoir quelques égards pour lui.

Enfin, il se mit à l'écriture.

Toulon, depuis ma cellule, ce 12 mars 1861
« Très chère Marie,
Je ne sais comment tu ressens ce qui s'est passé à la Fleur Bleue l'autre jour, mais je veux que tu saches que je n'agis de cette façon que parce que je t'aime. Tout ce que je décide depuis quelques temps, c'est en pensant à toi, à nous, à ma certitude que nous pourrions être ensemble, si Dieu le veut. Aussi, j'ai besoin de ton aide pour me sortir de la situation difficile dans laquelle je me trouve. Voici comment tu peux m'aider : le juge d'instruction, qui me paraît bien tatillon, risque de ne pas

me croire si je lui dis que mes pistolets étaient chargés à blanc, juste pour faire peur. Si tu veux bien m'aider, j'ai pensé à ce que tu pourrais faire : demande à rencontrer le juge, et dis-lui que c'est toi qui as posé une balle par terre parce que tu étais très en colère contre moi et que tu voulais me faire punir.

C'est le seul moyen pour faire admettre au juge que je n'avais pas d'intention mauvaise et que mes pistolets étaient bien chargés seulement de poudre. Je m'en remets à toi.

N'oublie pas que je t'aime, et que la vie sera belle pour nous deux quand nous serons enfin ensemble. Tout le monde te prendra pour ma gouvernante, et je sais bien que nous serons heureux tous les deux. Tu ne peux pas oublier mes caresses et j'en ai encore des milliers pour toi. Il suffit que tu les veuilles.

Que Dieu te tienne en sa sainte garde et te bénisse, je t'aime. »

Quand il vit, posée sur la table, l'enveloppe adressée à Marie Saint-Cernin, hôtel de la Fleur Bleue, 9, rue des Remparts, Antoli, en vieux renard, sentit venir la nouvelle du siècle. Il s'en empara en disant au curé : « on va l'envoyer, votre lettre, vous en faites pas. »

Chaque fois qu'il s'adressait à lui, Antoli prenait une voix doucereuse et évitait de hausser le ton, comme pour répondre aux efforts d'humilité faits par le curé.

Mais, sitôt revenu dans le bureau des gardiens, il se tourna vers Fergaud :

« Va chercher la bouilloire, il y a de la lecture ». Pas une lettre ne sortait sans le contrôle préalable de son contenu. L'enveloppe minutieusement décollée grâce à la vapeur de la bouilloire, selon un rite qu'il était le seul à pratiquer et dont il se gardait jalousement l'exclusivité (privilège de chef), Antoli conclut sa lecture par un « eh, bé, mon salaud », qui suscita la curiosité de ses collègues. Et il ajouta : « un truc comme ça, ce n'est pas possible, je vais la transmettre au juge. »

Et la lettre circula d'abord de main en main parmi les gardiens qui la commentèrent abondamment. Fergaud, lui, se réjouissait d'avoir fourni le papier à lettres et ne regrettait pas son entorse à son athéisme ; ce qu'il venait de découvrir lui donnait des arguments nouveaux pour ferrailler contre le Vatican, ses soldats, ses pompes, ses œuvres, et ses soldats perdus.

Chapitre 8

Les autorités policières et judiciaires, en plus des religieuses, auraient préféré quelque autre méfait plus facile à gérer. Un curé faisant feu à volonté au cœur d'un bordel, voilà qui ne pouvait être traité qu'avec tact et mesure. Avec discrétion aussi, mais à cause du *PETIT VAR,* l'affaire était maintenant trop connue. C'est ce que pensait le juge Breitac, chargé de l'instruction, en recevant le trublion. A quelques mois d'une retraite bien méritée, après un parcours professionnel sans faute, ce pieux homme de loi aurait pu espérer une fin de carrière moins inconfortable. Avec cette affaire trop sensible, même s'il se sentait capable de la mener en évitant les pièges possibles, il ne pouvait espérer récolter en cette fin de carrière, la médaille de la légion d'honneur qui aurait si joliment orné son revers de veste. Un bon et véritable assassin, qui aurait liquidé plusieurs personnes, et dont l'interrogatoire aurait été remarqué par l'opinion, voilà qui eut été bien plus profitable. Alors qu'un curé faisant feu dans un bordel, comment trouver du sérieux à cette péripétie ? Et comment s'ébahir du travail du juge ?

Le gendarme venait d'installer Gaubert face à lui. Tout en relisant le dossier qu'il avait sous les yeux, Breitac , entre pouce et index, effilait l'extrémité de sa moustache jaunie par la nicotine. Ce geste était traditionnel chez lui quand il réfléchissait profondément, de sorte que son entourage l'avait surnommé « moustache ». Après une longue inspiration, il posa sa première question.

- Après avoir échoué une première fois, vous êtes venu à la rencontre de Marie armé de deux pistolets en espérant la ramener. Pourquoi ces pistolets ? Vous aviez donc envisagé de la tuer en cas d'échec ?

Gaubert eut un geste d'agacement : le juge lui avait déjà posé la question, et lui ne pouvait que renouveler la même réponse.

- Pas du tout, c'était seulement pour lui faire peur car mes pistolets étaient chargés à blanc.

- Ils n'étaient pas à blanc puisque la première balle que vous avez tirée, certes en l'air, a été retrouvée sur le sol et elle portait bien les parcelles de chaux arrachées au plafond. Quant à celle tirée vers Marie, et qui a atteint le vasistas, le bois d'encadrement a été largement fendu. De plus, il a été constaté de nombreuses autres traces sur les murs, vous vous êtes cru à la guerre ? C'était le déluge de Gravelotte.

- Dans la précipitation je me suis peut-être trompé de pistolet. Je peux vous assurer que je n'avais chargé à balles que l'un des deux car je ne voulais pas tuer. Comment aurais-je pu vouloir éliminer Marie ? Elle était ma seule raison d'être. Mais je ne pouvais plus me contrôler, c'était comme si le diable guidait mes gestes. J'entendais une voix qui me disait : « défends-toi, défends-toi ! » quoi qu'il en soit, c'est finalement Dieu qui guidait mes gestes car Marie n'a pas été touchée. Il était évident que je ne voulais pas tuer. Je n'en avais pas l'intention, et le ciel m'a fait agir en ce sens. Et j'insiste sur le fait qu'elle n'est pas morte.

- Bref, si je comprends bien, on devrait vous féliciter ! Pour le reste, nous vérifierons, bien qu'il me paraisse difficile d'obtenir le témoignage du diable. Et vous n'aviez à vous défendre de rien, sauf de vous-même. Après une première tentative qui vous a fait venir à Toulon pour essayer de ramener Marie à Orgibet, sans succès, vous êtes revenu et vous avez cette fois employé la force et les armes pour la faire changer d'avis. On peut parler d'un véritable acharnement. Comment expliquez-vous cet acharnement ?

- C'est à cause de ce que j'avais appris en revenant à Orgibet.

- Et qu'aviez-vous appris de nouveau ?

- Qu'elle avait été enceinte autrefois, et qu'elle s'était fait avorter. J'étais fou de rage car Dieu condamne l'avortement, qui est un crime. Je voulais seulement la punir pour son crime. Monsieur le juge, ne croyez-vous pas que l'avortement est un crime, puisqu'il revient à ôter la vie à une créature dont Dieu a voulu l'existence ?

Breitac s'était montré agacé.

- Monsieur le curé, je ne suis pas l'accusé, et je pose les questions, il vous appartient d'y répondre. Cet avortement ne vous a pas toujours contrarié puisque les témoignages concordent à Orgibet sur le fait que vous auriez eu des relations coupables avec Marie. Après tout, ce bébé dont elle a avorté n'était-il pas aussi le vôtre ?

- Pas du tout. Il ne faut pas croire tout ce qui se dit là-bas.

- Vous avez raison ; ma vieille expérience m'a appris qu'il ne faut pas croire tout ce qui se dit, là-bas ou ailleurs, et je vais vous en donner un exemple. Vous avez demandé à Marie de me rencontrer pour déclarer que c'est elle qui avait posé la première balle sur le sol. Elle n'en a rien fait, mais si elle s'était exécutée, j'aurais bien fait de ne pas la croire. On dit aussi à Orgibet que vous recherchiez la compagnie des jolies femmes, et que vous étiez même prêt à les accompagner jusque dans leur lit. Vous, un curé ! Un homme qui a fait vœu de chasteté ! N'est-ce pas un peu déplacé ?

- Je ne vois pas où est le problème. Justement, comme vous le dites : un homme qui a fait vœu... ». Cet homme pourrait-il être différent de l'humain moyen ? Si Dieu avait voulu priver l'humanité du plaisir, il ne lui aurait pas donné la sexualité. Ce sont les hommes qui ont inventé les interdits souvent pour obliger leurs semblables à la soumission.

Désarçonné par une telle logique, Breitac s'agrippa à sa moustache et revint aussitôt à l'essentiel :

- Certes. Euh, c'est un point de vue. Vous vouliez pousser Marie à me faire croire qu'elle avait elle-même posé la première balle sur le sol pour tenter de vous compromettre. C'était idiot car cette balle portait bel et bien les traces de chaux du plafond. Et on distingue encore sur celui-ci la marque de l'impact. C'est d'autant plus idiot que Marie n'a jamais eu l'intention de vous porter tort, ce que personne n'aurait cru. Ne parlons pas des nombreux trous encore visibles sur les murs. Je suis allé, moi-même les constater. Car, après cette balle, il y en eut bien d'autres, et certaines auraient pu tuer des innocents qui n'avaient eu que le tort de se trouver là. De plus, et j'insiste sur ce point, Marie n'a jamais eu la tentation de vous compromettre. Vous vous êtes comporté en danger public, et vous avez failli supprimer la vie à ceux qui se trouvaient présents.

- Il faut me comprendre, monsieur le juge, j'étais fou de rage car Marie refusait de revenir avec moi, je ne voyais pas comment vivre sans elle, et j'ai peut-être perdu tout bon sens.

- Vous avez effectivement perdu tout bon sens, vous aviez surtout perdu le contact avec la réalité, mais ce n'est pas une excuse, et cela ne dégage pas votre responsabilité. Quoi qu'il en soit, cette manœuvre complètement folle, cette manigance stupide sera au dossier, et nous verrons comment les jurés l'apprécieront. Pour vous résumer, je pense que vous êtes un menteur patenté. Vous mentez en faisant croire à Marie que sa mère est malade, ensuite vous avez tenté de mentir à la justice en incitant Marie à faire une déposition mensongère, on va finir par penser que vous mentez quand vous prétendez croire en Dieu. Se peut-il qu'une seule fois vous disiez la vérité ? Vos déclarations n'ont aucune valeur. J'espère pour vous que vous aurez un bon avocat devant la cour d'assises car votre passif est lourd.

À chaque audition, Gaubert suivait le même rituel. Il posait sa main sur un crucifix posé devant lui et remuait les lèvres, récitant silencieusement une prière, comme s'il rappelait qu'il existait une   autre justice que celle des hommes. Au début, Breitac s'était offusqué, se demandant s'il fallait le rappeler à la politesse, mais, en catholique sincère, il n'avait pas réagi, laissant le prévenu se réfugier dans sa foi.

Malgré tout, et pour le première fois, Gaubert ne trouvait que répondre à l'accusation de mensonge. Il était indéniable qu'il avait déjà beaucoup menti, et malgré tous les efforts qu'il faisait en hâte, il ne trouvait aucun argument pour donner un semblant de vraisemblance à ses derniers propos.

- Peu m'importe. Le seul jugement qui m'intéresse est celui qui sera prononcé par le seigneur le jour du jugement dernier. Il n'aura pas besoin de votre avis, et je lui fais confiance.

Et maintenant, comme il avait de plus en plus l'impression que la situation lui échappait, il se demanda si le moment n'était pas venu de faire rebondir son projet charitable. Il lui fallait voir plus grand. Ces dames qu'il avait sorties du caniveau s'emploieraient à collecter des vêtements que les bourgeois estimaient usagés, les répareraient, les rénoveraient, et les revendraient à bas prix, ou les donneraient aux malheureux de la ville ou des campagnes. Les anciennes prostituées devenaient couturières, repasseuses, ravaudeuses, et retrouveraient dignité dans l'emploi

Un peu partout dans le pays seraient créés des centres dédiés à cet usage, et il voyait déjà leur enseigne : « centre abbé Gaubert », ou, mieux, « centre de charité Abbé Gaubert ». Un tel dispositif pourrait même s'étendre au mobilier, matelas, tables et chaises, et autres objets de la maison inabordables dans le circuit commercial ordinaire pour les gens de faibles ressources. Il bouleverserait les lois de l'offre et de la demande au profit des pauvres. Saint- Martin, nous voilà !

A ses côtés, Marie, par sa rigueur et son sens de l'organisation, tiendrait les comptes Ensemble, ils pourraient même partir en inspection dabs les centres dispersés sur le territoire.

Voilà qui aurait de l'allure. Il serait le chef d'orchestre de cette symphonie, les élus du peuple le citeraient en exemple dans les discours officiels. Peut-être, un jour, un admirateur proposerait sa béatification, mais il chassait vite cette hypothèse de son esprit ; tant d'honneurs ne l'intéressait pas, il voulait seulement se démontrer à lui-même qu'il menait un bon combat, en-dehors de la machine complexe qu'était son Eglise. Même son ancien évêque dans l'Ariège serait forcément au courant. Il l'entendait déjà : « Gaubert ? Ah, oui, je l'ai connu » ; et l'évêque, gêné, changeait vite de sujet. Lui, savourait déjà sa vengeance.

Il avait compté et recompté dans sa tête ; aujourd'hui, c'était la huitième fois que Breitac l'interrogeait. Il se disait que le magistrat devait avoir bien du mal à traiter son affaire. Les mêmes questions revenaient, comme si le juge n'était pas convaincu par les réponses précédentes, ou s'il ne trouvait pas de piste nouvelle. Il en avait assez, et sa hâte était maintenant de voir le procès s'ouvrir. Après tout, le procès n'était pas le moment le plus pénible, il avait l'expérience de Toulouse. Qu'il avait vécu un peu comme au théâtre, et aujourd'hui, plus particulièrement, le questionnement l'agaçait. Plus d'une fois il avait fait remarquer à Breitac que la question avait déjà été posée, ce qui n'améliorait pas l'humeur du juge.

Quand il sentit venir la fin de la séance, il se demanda s'il allait parler à Breitac de son projet de récupération de vêtements et de meubles pour venir en aide aux miséreux dans tout le pays. Il craignait aussi que, son plan une fois connu, un autre s'en empare et le mette en pratique avant qu'il ait pu bouger un doigt. Puis, fatigué, découragé, il pensa que les jeux étaient faits, que son sort était réglé, et qu'il ne servirait à rien de résister plus. La justice lui faisait penser à une énorme machine qui avançait inexorablement, comme un rouleau compres-seur écrasant les graviers sur sa route. Il était devenu un misérable grain du gravier. Il se tassa sur sa chaise en attendant la fin, la main toujours posée sur le crucifix.

Chapitre 9

En ce jour de décembre 1861, Gaubert était presque soulagé de voir arriver la fin du procès. Depuis trois jours, dans cette enceinte solennelle, on avait beaucoup parlé de lui, beaucoup trop. Il commençait à être épuisé par toute cette agitation autour de lui, ces voix qui résonnaient trop fort ans cette salle fermée. Il désirait que tout cela se termine au plus vite. Il se disait que la vie aurait été bien plus simple si Marie avait accepté de vivre avec lui. Plus simple et plus heureuse. Au fil des interventions qui, souvent, lui paraissaient inutiles, il avait eu l'occasion de revoir dans sa tête des scènes vécues à Orgibet, le filet d'eau de la fontaine publique, qui maigrissait à la belle saison, quand les torrents descendus des Pyrénées perdaient de leur vigueur, la charrette de l'épicier, qui proposait ses produits une fois par semaine au beau milieu de la place du village, les bigotes au visage serré dans un foulard sombre sur les premiers bancs de son église, comme devaient être serrées, crispées, leurs cuisses délaissées de cadavres ambulants ; le parfum des croustades d'Hélyette Saint-Cernin arrivait jusqu'à lui. Il s'évertuait à comparer la salle d'audience du palais de justice de Toulouse, à celle dans laquelle il se trouvait maintenant, et il lui parvenait ce ronflement sourd, cette rumeur, partout la même, qui planait au-dessus du public en attendant l'ouverture des débats. Comme la vie était simple et facile, à Orgibet, sous la tonnelle...ou dans son presbytère, quand Marie l'éclairait de toute sa lumière…

Ce matin frileux, un jour glauque descendait des fenêtres en demi-lune qu'une buée rendait plus opaques encore

Dans le public, on remarquait quelques figures connues du quartier du Chapeau Rouge : des tenanciers de maisons closes, Suzanne Valton, Salomé, toute l'équipe du bureau de police, plus un représentant de l'évêché en costume austère, dont on se demandait s'il n'était pas là à la demande de l'évêque de Pamiers, curieux de savoir comment avait tourné son ancien subordonné. Quand elle était arrivée, Salomé lui avait fait un signe discret de la main, et il se demandait s'il pourrait un jour lui exprimer sa reconnaissance car il ne se voyait pas sortir de ce guêpier avant_longtemps. Ce geste, pourtant discret, l'avait remué jusqu'au tréfonds de lui-même. Il se désespérait de ne pas avoir trouvé le moment opportun pour présenter son plan mirifique de résorption de la misère, qui aurait certainement facilité son sauvetage.

Dans son réquisitoire, l'avocat général n'avait pas cherché à le ménager quand, évoquant l'acquisition des deux pistolets, il avait déclaré : « un homme qui s'équipe avec de telles armes avant d'aller relancer sa proie, est manifestement sous l'accomplissement de la préméditation. Mesdames et messieurs les jurés, vous vous posez peut-être la question de la préméditation, mais la réponse est là, évidente. Cet individu n'a pas été mu par une pulsion soudaine , mais il a agi en fonction d'une décision mûrement réfléchie, d'un plan que je pourrais qualifier, si ce n'était la personnalité du prévenu, de diabolique».

Et là, Gaubert avait laissé éclater le coup de colère qui couvait depuis un moment. Les mains crispées sur la barre, les yeux exorbités, le regard noir, il avait explosé :

« Mais qui êtes-vous, homme de peu de foi, pour vous exprimer ainsi ? Vous êtes méprisable ! Vous n'êtes rien !

Seul, Dieu, le moment venu, aura qualité pour me juger ! »

Son avocat s'était précipité, lui avait pris le bras pour tenter de le faire se rasseoir, mais la machine folle était lancée, elle ne pouvait plus s'arrêter.

Depuis le début du procès, le malheureux défenseur avait fait ce qu'il pouvait. Etant un croyant sincère, il ne pouvait se résoudre à l'image d'un prêtre manifestement désinvolte à l'égard de son vœu de chasteté, et fréquentant les bordels dont un qu'il avait pris pour un champ de bataille. Un jour pourtant, il avait même posé la question à son client : comment un curé pouvait-il s'être trouvé dans ce genre d'établissement ? Il avait été facile à l'accusé de répondre que s'il était là, c'était seulement pour arracher une ouaille respectable au stupre d'un tel enfer. « Je veux bien vous croire, monsieur le curé, puisque dans mon rôle de défenseur, j'ai le devoir de vous croire, mais, tout de même, une soutane dans un tel endroit, vous comprenez... » Aussi, on avait senti l'avocat parfois quelque peu dépassé et en manque de conviction au cours des débats.

Le jury s'était réuni pendant deux bonnes heures, et s'était déchiré sur le fait de savoir s'il fallait reconnaître au curé des circonstances atténuantes. L'idée maladroite de Gaubert d'inciter Marie à une fausse déclaration, avait pesé dans la balance. Finalement, prudence peut-être devant le risque de vengeance céleste dont on n'avait pas une idée précise, ou désir de faire une différence pour un homme d'église, les circonstances atténuantes étaient admises, ce qui ne diminuait pas la gravité de l'affaire, comme le mentionnait l'acte d'accusation :

« Ces moyens odieux de défense, loin de détruire l'accusation, n'ont fait que mieux révéler les mauvais instincts, la profonde immoralité de Gaubert. En conséquence, ledit Jean-Justin-Gustave-Polidor Gaubert est accusé d'avoir, le vingt-quatre avril mille huit cent soixante et un, à Toulon, commis une tentative d'homicide volontaire sur la personne de Marie Saint-Cernin, laquelle tentative, manifestée par un commencement d'exécution, n'a manqué son effet que par des circonstances indépendantes de la volonté de son auteur, et avec guet-apens et préméditation. »

L'homicide était donc constaté, et il n'avait échoué que par des circonstances indépendantes de la volonté de son auteur. Gaubert était bien un assassin, un assassin qui avait seulement raté son coup. En quelque sorte, un assassin incompétent, un minable.

Ce qui aurait pu conduire le citoyen ordinaire à la guillotine, valait à ce fou de Dieu vingt ans de travaux forcés. À l'énoncé de la peine, jusque-là recroquevillé sur le banc des accusés, il se leva d'un bond, le regard allumé : « je vous hais, tous ! Messieurs qui me jugez avec arrogance, le jour du jugement dernier, c'est vous qui serez jugés. C'est un juste retour des choses ! Vous n'êtes pas dignes d'entrer au royaume des cieux ! Je suis certain que vous n'avez rien compris ! Rien compris à la douceur, au soyeux d'une peau de femme sous les doigts ; rien compris à la tendresse d'un regard. Mais la tendresse vous intéresse-t-elle ?

Les yeux rivés sur vos grimoires, vous ne voyez rien de la beauté du monde ! Vous êtes-vous demandé pourquoi les premiers artistes grecs ont commencé par peindre ou sculpter des corps de femmes ? Et la renaissance italienne, cela vous parle-t-il ? Qui parlerait encore de la renaissance italienne sans la Vénus sortant des eaux, de Botticelli, ou les croquis de Michel Ange. C'est parce qu'il ne leur avait pas échappé la beauté des galbes. Eux savaient qu'il n'y a rien de plus beau que le corps d'une femme ! Et vous, aujourd'hui, considérez comme des péchés, la reproduction toute simple de ces lignes banales et superbes ! Je me réjouis de ne pas appartenir à votre engeance : vous êtes des misérables, ou plutôt des indigents de la beauté ! Les peintres de la renaissance italienne ont plus de morale que vous ! Vous êtes à plaindre mais je ne vous plaindrai pas !

Vous êtes incapables de voir la beauté du monde tel que Dieu l'a créé ! C'est ce que vous avez en commun avec les cafards ! Voilà ce que vous êtes : des cafards ! Vous ne méritez pas la beauté qui vous entoure et que vous ne voyez même pas !

Mon Eglise considère comme obscènes les dessins représentant le corps des femmes. Elle démontre ainsi sa grande stupidité car, en procédant de la sorte, c'est Dieu lui-même, parce qu'il en est le créateur, qu'elle traite d'obscène. Mais cela, nos évêques ne s'en rendent même pas compte ! Ils sont bien trop occupés à chercher chez leurs ouailles la minuscule faute à sanctionner, ou à manœuvrer dans les arrière-palais pour obtenir le beau rôle, les honneurs ou les prébendes, quitte à écraser leur voisin ! Pourtant, des évêques dans les bordels, il y en a eu, et il y en a encore !

Le président avait fait signe aux gardes d'emmener le vociférateur qui continuait à éructer en agitant bras et jambes, donnant des coups de poings ou de pieds aux gardes qui l'escortaient. Le public se dirigeait vers la sortie en commentant à voix basse. Dans un coin, Fergaud, ravi par le spectacle, regrettait que le procès se termine déjà. Il retrouva son chef Antoli à la sortie :

- Celui-là, au moins, il nous aura un peu amusés…

- Mais c'est pas faux, ce qu'il vient de dire. Tu l'avais remarqué, toi, que les Grecs avaient commencé par peindre ou sculpter les corps des femmes ?

- Non, chef, je ne l'avais pas remarqué, mais moi je ne suis pas chef. Par contre, ce qu'il dit des évêques dans les bordels, c'est juste, moi j'en ai vu.

Du même auteur aux Editions Sudarenes

- L'honneur perdu de Benjamin Ullmo (Sudarenes Editions)

© Sudarenes editions
Isbn : 9782385721718
Dépôt légal : second semestre 2025
www.sudarenes.com
www.sudarenes.fr